-ALLES- -WIRD- -GUT-

Danksagung

Ich möchte mich bei Clémentine Sanchez für ihre stets wertvolle Hilfe, bei Alexandra Bentz für ihr Vertrauen, bei Manon Sautreau und Samantha Thiery für ihre Unterstützung und Projektleitung und beim ganzen Smiley-Team bedanken.

Erschienen im französischen Original
unter dem Titel: Tout.va.bien

Layout: Ipokamp
Nach dem Original-Smiley-Logo von Franklin Loufrani
und den von Nicolas Loufrani entworfenen Smileys.
Designer: Timothy Alan Jones

Übersetzung aus dem Französischen: Stefanie Mierswa
Lektorat: Katrin Höller
Satz: Annette Süß

Redaktion: Katharina Pferdmenges

Gesamtherstellung: Ullmann Medien GmbH, Potsdam

Printed in Poland, 2017

ISBN 978-3-7415-2246-8

10 9 8 7 6 5 4 3 2 1
X IX VIII VII VI V IV III II I

www.ullmannmedien.com
info@ullmannmedien.com
facebook.com/ullmannmedien
twitter.com/ullmannmedien

Für Lola, die immer ein Smile auf den Lippen hatte.

SmileyWorld® h.f.ullmann

mein Leben in

SMILEYs®

ILLUSTRIERT VON TIM JONES FÜR SMILEYWORLD

ALLES. WIRD. GUT.

ANNE KALICKY

Warnung an unerwünschte Leser!!!

Dieses Werk darf auf keinen Fall vor

Freitag, dem 19. April 2126

gelesen werden.

Falls du das Buch schon vor diesem Datum gefunden hast, darfst du es auf keinen Fall öffnen! Aber wenn du diese Zeilen liest, hast du das ja schon gemacht. Deine letzte Chance: Mach es wieder zu, sonst wird es dir echt leidtun … vor allem, wenn du Papa, Mama, Lisa, Marion oder Raul heißt! Ich habe die Seiten nämlich mit einem Fluch belegt. Wenn du nicht tust, was ich sage, werden deine Augen wie Säure brennen und sich neongelb färben. An deinen Händen werden schwarze Pusteln sprießen, aus denen Hunderte von Spinnen krabbeln werden (Vogelspinnen, um genau zu sein). Falls du gerade die schlechte Idee hattest, in der Nase zu bohren und anschließend deine Popel zu essen, wird deine Zunge anschwellen, dreimal so groß werden wie vorher und sich dann auflösen, damit du niemandem erzählen kannst, was du gerade gelesen hast.

Mach das Buch jetzt sofort wieder zu!

Das ist ein feindschaftlicher Rat … oder du wirst unsägliche Schmerzen leiden!

SEPTEMBER

Sonntag

Lieber Mensch aus der Zukunft,

du, der du die Erde verlassen und auf einen Exoplaneten ziehen musstest, dieses Meisterwerk ist für DICH. Weil, nur um das gleich klarzustellen, dieses Ding hier ist kein Tagebuch, okay? Sondern ein Beweis-Dokument-Meisterwerk, und zwar von einem wahren Helden aus einem vergangenen Zeitalter. Ich schreibe es aus einem wichtigen Grund: Wegen der Zukunft. Nur deshalb!

Eigentlich hab ich gerade im Fernsehen eine abgefahrene Doku gesehen. Es ging um einen Planeten, der Eratosthenes heißt und der Erde ähnelt. Am Anfang war es echt spannend. Forscher beschrieben die Möglichkeit, eines Tages diesen Planeten zu bewohnen. Aber dann wurde es ziemlich furchtbar: Die Menschen mussten die Erde fluchtartig verlassen, weil sie dort keine Luft mehr zum Atmen hatten, und sind nach Eratosthenes umgesiedelt.

Beim Fernsehen habe ich mich gefragt: „Was wäre, wenn das wirklich passieren würde? Was hätte ich dann für die künftigen Generationen geleistet?" Da kam mir die geniale Idee, von den wichtigen Etappen meines Lebens zu berichten. So kann ich ein unvergessener Held werden. In vier Tagen komme ich auf die Realschule. Das ist doch wohl schon mal eine wichtige Etappe!

ALSO IST DAS HIER GENAU DER RICHTIGE MOMENT, ES ZU WAGEN – JETZT ODER NIE!

Eines Tages, da bin ich mir sicher, wird man meine Memoiren im Tresor eines verlassenen Raumschiffs finden und ICH WERDE IN DIE WELTGESCHICHTE EINGEHEN.

Moment, ich bekomme gerade eine SMS ...

Von meiner Mutter

Montag

Lieber Mensch aus der Zukunft,

bis die Schule wieder anfängt, nutze ich die Gelegenheit und stelle mich kurz vor. Ich heiße Maximilian. Aber eigentlich würde ich lieber Bruce oder Clark heißen – oder so.

Zum Glück nennen mich alle Max, das ist kürzer und klingt cooler. Ich bin elf Jahre alt und habe … zwei Schwestern: Lisa – sie ist acht und immer noch der Liebling meiner Eltern. Marion ist vierzehn und neeeervt!

Selbst auf Eratosthenes hätte man sie auf die Erde zurückgeschickt, so neeeervig ist sie! Du hast vielleicht das Glück, dass deine Eltern irgendeine Cyber-Pille genommen und dir einen kleinen Bruder ausgesucht haben.

Ich leider nicht: Ich bin umzingelt von Mädchen und allein schon dafür hätte ich eine Medaille verdient.

Der beste Beweis: Ich hab ins Wörterbuch geguckt und „SCHWESTER" reimt sich auf

VERPESTER

GELÄSTER

Das sagt doch schon alles.

Meine Eltern sind ein bisschen uncool, na ja, spießig, aber eigentlich doch ganz OK. Mein Vater arbeitet bei Vabo, das ist eine Firma, die Waschbecken herstellt.

Meine Mutter ist in einem Labor angestellt. Ich habe nie so richtig begriffen, was sie da genau macht.  Lieber Mensch aus der Zukunft, so albern verabschieden sich meine Eltern morgens voneinander: 

 Ich wohne in einem Haus am Stadtrand. Manchmal ist mir da ein bisschen langweilig. In den Ferien fahre ich oft zu Opa Joff und Oma Ragny in die Bretagne. Ich weiß, was du jetzt denkst: Nicht gerade megaspannend, mein immer gleicher Alltag ... Aber warte mal ab, was ich noch zu erzählen habe.

TOM MARTIN wohnt nebenan und ist mein bester Kumpel. Er ist schon seit der Vorschule in meiner Klasse. Ein echter Loser, total dünn, trägt eine Brille, kennt aber HAUFENWEISE Tricks: zum Beispiel, wie man aus Joghurt unsichtbare Tinte macht oder einen Vulkanausbruch mit Karottensaft. Er hat immer gute Noten. Mein Vater sagt, man soll mit jemandem befreundet sein, der stärker ist als man selbst. Aber das weiß ich ja längst. 

TOMS UND MEINE 5 GRÖSSTEN HELDENTATEN

- [x] WEITPINKELWETTBEWERB
- [x] 9. LEVEL VON „ZOMBIEERDE“ AUF DER SPIELKONSOLE

- [x] SICH EINE WOCHE LANG NICHT WASCHEN
- [x] REKORD VON **CHICKEN-NUGGETS**, DIE JEDER VON UNS GEGESSEN HAT

- [x] MÄDCHEN AUF DEM KLO NACHSPIONIEREN

Mittwoch

Lieber Mensch aus der Zukunft, 

heute bin ich in die sechste Klasse gekommen. Ich konnte es kaum abwarten. Seit der zweiten Klasse will ich aus drei Gründen auf die Realschule:

ERSTENS

 Ich kann allein hingehen und muss mir nicht mehr „Küsschen, Mäxchen“ von meinen Eltern sagen lassen.

ZWEITENS Ich krieg ein Handy. 

DRITTENS Ich bin offiziell als JUGENDLICHER anerkannt! Das ist einfach mega!

In der harten Wirklichkeit, deren Leidtragender ich bin, ist es aber leider GAR NICHT SO MEGA!  Okay, ich habe ein Handy bekommen: das alte Niphon meiner Mutter, das aber auf möglichst wenig Benutzung und möglichst hohe Überwachung eingestellt ist. 

Außerdem hat mir meine Mutter für den Schulanfang nicht gerade tolle Klamotten gekauft: Bermudashorts und ein marineblaues Polohemd. Ihr zuliebe hab ich beides schließlich trotzdem angezogen. Als ich dann Tom auf dem Schulweg begegnet bin, habe ich gesehen, dass es ihn noch schlimmer getroffen hat: Er hatte eine viel zu große beige Hose und ein rosa kariertes Hemd mit kurzen Ärmeln an. Wir sind wortlos nebeneinander hergelaufen.

Fast bereuten wir es, nicht sitzen geblieben zu sein, weil wir dann auf unserer alten Schule hätten bleiben können. Und als wir da waren und ich die anderen Schüler gesehen habe, die alle fünf Köpfe größer waren als ich, habe ich ziemlich schnell begriffen, dass ich jetzt zu den Kleinsten gehöre. Ich habe sogar einen riesigen Typen aus der Neunten sagen hören: „Guck mal, da ist die Zwergenfraktion!“

Tom und ich haben dann auf den Aushängen gelesen, dass wir in derselben Klasse sind. Uff, das war wenigstens mal eine gute Nachricht!

Die schlechte: Unser Klassenlehrer ist Herr Schmitt, der Englischlehrer. Der ist echt komisch: Er tippt die ganze Zeit mit dem Fuß auf den Boden, wenn er am Pult sitzt. Ich glaube, er hat Angst vor Schülern. In fünfhundert Jahren wurden die Lehrer vielleicht schon durch Roboter ersetzt. WAS FÜR EIN GLÜCK! In unserem Klassenzimmer klebten Namensschilder auf den Tischen. Herr Schmitt hatte schon festgelegt, wer wo sitzen soll. Und rate mal, neben wem ich sitze? RAUL KADOR! Den Vormittag hat er damit verbracht, seine Popel an den Stuhl von Marie zu kleben, die vor ihm sitzt.

Über diese Blödmänner muss ich mich nicht länger auslassen. Herr Schmitt hat uns den Stundenplan gegeben und uns einen Auskunftsbogen ausfüllen lassen: Name, Vorname, Geburtsdatum, Beruf der Eltern und was man später mal werden möchte. 
ZUKÜNFTIGES GENIE, hab ich geschrieben.
Allerdings habe ich damit die Latte vielleicht doch etwas hoch gelegt.

Tom und ich haben beschlossen, uns jeden Morgen zu treffen und zusammen zur Schule zu gehen. Wir haben entdeckt, wie wir schneller sein können und außerdem Raul Kador und seiner Versagerbande nicht über den Weg laufen: 
Wir benutzen einen „Geheimgang". NIEMAND außer uns kennt diesen Ort. Na gut, das klingt spannender, als es ist. Eigentlich ist es nur eine Abkürzung. Eine kleine Straße mit einem Haus auf der einen Seite und einer hohen Mauer auf der anderen. Hinter der Mauer liegt ein verlassenes Grundstück, glaube ich. Ich habe mir aber nie genau angesehen, was auf der anderen Seite ist. Auf die Mauer hat jemand etwas groß mit einer Spraydose draufgesprüht.

Super
Schulanfang!

Lieber Mensch aus der Zukunft,

Freitag

nach einer eher ruhigen Woche war heute der SCHLIMMSTE Tag meines Lebens! Es fing schon heute Morgen an: Ich bin einfach nicht wach geworden. Zuerst ist meine Mutter reingekommen und hat mit mir gekuschelt. Dann hat mein Vater an die Tür geklopft und mir irgendwas auf Russisch zugerufen.

Ich habe kein Wort verstanden.

Ich hab gedacht, dass heißt bestimmt: „Aufwachen, Schlafmütze, es ist Zeit!" Aber mein Vater hat mir am Abend erklärt, dass das „Ich spreche nicht besonders gut Russisch …" heißen sollte. (Er macht seit ein paar Monaten einen Kurs für die Arbeit. Aber viel geübt hat er anscheinend nicht …) Nach zehn Minuten ist schließlich Marion gekommen und hat mir gesagt, ich hätte noch fünf Minuten, wenn ich mit ihr zu Schule gehen wolle.

Also: meine letzte Chance, pünktlich zum Unterricht zu erscheinen, nachdem ich mein Treffen mit Tom schon verpasst hatte. Marion ist immer meine „letzte Chance“ …

SIE NEEEEERVT EINFACH!!!

Davon bin ich endlich aufgewacht. Ich bin in Turnschuhe, Jeans und Sweatshirt geschlüpft, hab mir meinen Rucksack geschnappt und bin zur Schule abgedampft.

Am Vormittag Mathe, Französisch und Englisch. In der Pause habe ich beim Murmelspielen fünf Murmeln in einem Abflussgitter verloren und Celia und Anna gesehen, die sich gegenseitig Frisuren machten. Also Anna ist echt hübsch, aber mit der Frisur sah sie ziemlich merkwürdig aus. 

Dann Mittagessen in der Schule: Es gab irgendein Gemüse, das ich nicht identifizieren konnte.
So, und danach ist mein Tag erst richtig grauenvoll geworden.  Wir hatten Sport, und da ich am Morgen so spät aufgestanden war, hatte ich natürlich meine Sportsachen nicht dabei. Das Schlimmste war aber, dass ich erst zehn Minuten vor der Sportstunde auf dem Klo gemerkt habe, dass ich nicht nur meine Sportsachen vergessen, sondern den Schlafanzug unter meiner Jeans anbehalten hatte! Und nicht etwa einen tollen Fußballschlafanzug mit Pietro drauf, nein! 

Mein Leben ist so ungerecht: Ich muss IMMER die zu klein gewordenen Schlafanzüge von Marion anziehen ... Aber vor allem muss man dazu wissen, dass Herr Ramoupoulos ein absoluter Trainingsanzug-Fetischist ist!! (Herr Ramoupoulos ist unser Sportlehrer, er ist gebürtiger Grieche und hat zwei besondere Kennzeichen: Wenn er zufrieden ist, bewegen sich seine Nasenflügel und bei ihm gibt es nur Joggen oder ... eine Sechs, ganz wie man will!) Mir ist sofort eine Geschichte aus dem letzten Schuljahr eingefallen, die mir jemand erzählt hat: Der Turnbeutel eines Schülers – der nicht namentlich genannt werden möchte – wurde von einem streunenden Hund gefressen ... 

Zumindest hat dieser Schüler das als Ausrede benutzt. Er ist also in Jeans zum Sportunterricht gegangen, hatte sie aber so tief unterm Hintern hängen wie ein Rapper. Herr Ramoupoulos hat zu ihm gesagt, da er unbedingt aller Welt seine Unterhose zeigen müsse, könne er die Jeans ja gleich weglassen. Und so musste Jeremy (ups! Jetzt hab ich den Namen doch verraten!) zehnmal in Unterhose um den Platz laufen ... DER HORROR! Und ich hatte ein großes Problem mit fliegenden Untertassen. Die durfte niemand sehen. Nicht Herr Ramoupoulos, niemand draußen auf dem Sportplatz und niemand in der Umkleide! Sonst würde ich auf der Stelle im Erdboden versinken!

Und das alles ist bloß Marions Schuld. Meine Rache wird absolut FURCHTBAR sein.

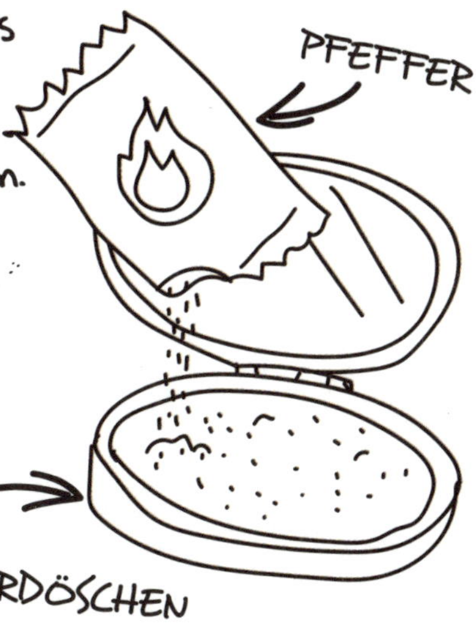

Ich hatte drei Auswege parat:

- mich auf dem Klo verstecken und die Sportstunde schwänzen (allerdings könnte ich dort einsam sterben, elendig ersticken an dem widerlichen Geruch, der in diesem Teil der Schule herrscht);
- im Schlafanzug hingehen und behaupten, die Marsmenschen hätten mich in der Nacht als Versuchsobjekt ausgewählt (was mich in den Augen von Anna vielleicht zum Helden machen würde);
- mit Tom reden, weil er immer gute Ideen hat.

Durch das ganze Nachdenken über die missliche Lage, in der ich mich befand, blieben mir nur noch fünf Minuten. Ich verabschiedete mich vorübergehend von dem Gedanken, ein Held zu werden, zog mich blitzschnell wieder an und suchte nach Tom. Er war gerade über den Blumenkasten der Schule gebeugt und veranstaltete ein Wettrennen mit drei Schnecken.

Ich erzählte ihm alles.

SELBST DIE SCHNECKEN HABEN SICH KAPUTTGELACHT!

Nach schier unendlichem Schweigen hat er mir in dem Tempo, in dem seine Weichtiere vorankrochen, geantwortet:

„Du brauchst bloß in der Fundkiste nachzusehen, da liegt vielleicht eine alte Trainingshose drin."

Der Typ ist genial!  Ich bin also in die Pausenhalle gerast, hab in der Kiste gewühlt und – oh Wunder! – eine rote Jogginghose hat mich angelacht! Die passte perfekt zu meinem ... gelben Sweatshirt. Ich hörte schon, wie mich Raul Paprikasalat nennt, aber immer noch besser als so auszusehen, als wäre ich gerade aus dem Bett gefallen.  Mir blieben noch genau zwei Minuten. Ich also aufs Klo zurück, ausgezogen, Schlafanzug hinter einem Rohr versteckt, Gong gehört, die Jogginghose angezogen ... und etwas zu spät zur Sportstunde gekommen, dafür aber in Sportsachen und sogar ... vor den anderen. Herr Ramoupoulos hat mir gratuliert. Zumindest glaube ich das. Ich bin sicher, dass ich gesehen habe, wie sich seine Nasenflügel bewegt haben.

Uff! Gerade noch mal gut gegangen!
Tom hat mir heute das Leben gerettet! 

Bevor ich nach Hause gegangen bin, habe ich die Jogginghose unauffällig wieder da hingelegt, wo ich sie gefunden hatte, und den Schlafanzug mit den Untertassen dazu. Aber pst! Nicht meiner Mutter verraten, das ist ein Geheimnis.

Samstag:

Ich hab geträumt, ich wäre von Marsmenschen entführt worden, die mir meinen Schlafanzug klauen wollten. 
Ihr Anführer, Herr Ramoupoulos, war ganz grün und hatte Antennen auf dem Kopf, mit zwei Glubschaugen am Ende, und vor allem riesige Nasenlöcher. Er befahl mir auf Russisch, an einem Kletterseil in seine Untertasse zu steigen. Aber ich konnte mich anstrengen, so viel ich wollte, ich schaffte es nicht bis zur Untertasse. Je mehr ich zu klettern versuchte, desto mehr verhedderte ich mich in dem Seil.

Die von Ramoupoulos gelenkte Untertasse trug mich gefesselt am ganzen Körper hoch in die Luft. Ich schrie:

„Bringt mich zur Erde zurück!"

Als ich aufgewacht bin, war es sechs Uhr morgens. Danach konnte ich nicht mehr einschlafen. Ich glaube, dieses ganze Zeug über Außerirdische und unbekannte Planeten steigt mir langsam zu Kopf! Aber, lieber Mensch aus der Zukunft, das sind eben die Träume eines Helden! 

Montag

GROSSER BETRUG in der Schule!

Heute ist der Rektor vor unserer Geschichtsstunde bei Herrn Buck hereingekommen und hat verkündet, unsere Klasse sei von der Stadt für einen Klassenausflug ausgewählt worden.

Wir haben alle laut gejubelt. Aber das war, BEVOR er uns den Ausflug beschrieben hat: „Wir freuen uns wirklich sehr, euch die Gelegenheit zu geben, eine spritzige Vorstellung zu Ehren des Rosenheims zu erarbeiten und aufzuführen!“ Da wir wussten, dass „Rosenheim“ der Name des städtischen ALTENHEIMS ist, kapierten wir sofort, warum der Rektor außerdem von einer „guten Tat“ sprach.

Dann hat er uns noch erzählt, dass die Leute im Altenheim eine Überraschung für uns vorbereiten und wir dafür jetzt jeden Mittwoch mit Herrn Buck ein Lied einüben sollen, und zwar bis zu den Herbstferien. Das Lied heißt „Die Hoffnung und das Leben". Der Rektor ist wieder gegangen und Herr Buck konnte den nächsten Mittwoch gar nicht abwarten. Er hat nach einem Freiwilligen gefragt, der den Refrain solo singt. Raul Kador hat sich gebückt und so getan, als würde er einen Stift aufheben. Dabei hat er mich gekniffen und ich habe geschrien. Unser Lehrer hat gedacht, ich melde mich, und jetzt ... muss ICH das machen.

Ohne dass ich Zeit gehabt hätte, etwas zu sagen, ist auf einmal die Stereoanlage angesprungen und es hat so doll geknistert, dass ich dachte, gleich sprühen Funken aus den Boxen. Ich habe die Daumen gedrückt, dass es unser Lehrer schafft, einen Brand auszulösen. Aber dann ertönte eine Geigenmelodie und dazu die krächzende Stimme von Herrn Buck.

AM ANFANG DES LEBENS
IST DIE HOFFNUNG UNS HOLD
HOFFNUNG IST LEBEN
DAS LEBEN IST VOLLER HOFFNUNG

Da ich den Refrain allein singen sollte, musste ich den Text nachsingen, den er vorsang. Meine Kehle war wie zugeschnürt, so peinlich war es mir. Tom dagegen lief die Nase. Zuerst dachte ich, er weint wegen dem Liedtext, aber in Wirklichkeit kam das daher, dass es so kalt war in der Klasse. Dieses Lied ist so was von blöd.

Später haben Tom und ich wieder unseren Geheimgang benutzt. Die Schrift auf der Mauer hat sich geändert.

Es ist schon merkwürdig, ich habe echt den Eindruck, diese Nachrichten sind an mich gerichtet ...

Lieber Mensch aus der Zukunft, Mittwoch

nach der großen Pause haben wir ALLE mit Herrn Buck geprobt und ... ich ALLEIN den Refrain. Raul hat sich natürlich kaputtgelacht. Es war aber auch zu peinlich! Ich muss mir echt irgendwas einfallen lassen, wie ich mich vor diesem Ausflug drücken kann. Mittags sind Tom und ich mit dem Bus nach Hause gefahren und ich hab ihn gefragt, ob er Lust hat, bei mir zu Hause ZombieErde auf der Konsole fertig zu spielen. Noch zwei Welten, dann hätte ich das letzte Level geschafft. Und natürlich sollte Tom bei meinem fulminanten Sieg dabei sein! Dieses Videospiel ist genial! Es geht darin um lebende Tote, die aus ihren Gräbern steigen, um über die Erde herzufallen. Die Spieler müssen die Zombies mit Konservenbüchsen bekämpfen. Je mehr man erwischt, umso mehr Punkte kriegt man, um das nächste Level zu erreichen. Und ich bin SUPERGUT in diesem Spiel!

Als wir daheim waren, habe ich erst mal die Nudeln von gestern in der Mikrowelle warm gemacht. Tom hat die halbe Tube Mayonnaise draufgetan und dabei „Die Hoffnung und das Leben“ geträllert. Dann habe ich das Videospiel gestartet und GENAU in diesem Moment kreuzt Marion mit ihren beiden Freundinnen auf! Da ich unter der Woche eigentlich nicht auf der Konsole spielen darf, kannst du sicher sein, dass sie sich die Gelegenheit nicht entgehen lässt und gleich alles brühwarm meinen Eltern erzählt!  Die Mädchen haben sich sofort im Badezimmer eingeschlossen, aber die Ruhe war leider nur von kurzer Dauer. Eine Viertelsekunde später kam Marion wieder raus, um mir zu drohen.

Sie muss sich immer so aufspielen, besonders vor ihren Freundinnen, um zu zeigen, dass sie die Große ist!

SIE NEEEEEEEEERVT ECHT!!!

Sie hat die Badezimmertür zugeknallt. Ich beschloss, meine Schwester einfach gar nicht zu beachten. Los ging's, ich würde Tom eine saftige Niederlage verpassen!  Aber denkste! Marion und ihre Freundinnen kamen wieder raus aus dem Bad und gingen in Marions Zimmer. Nächster Türknall! Ich bin dermaßen zusammengezuckt, dass ich genau in dem Moment, als ich den Anführer der Zombies zermalmen wollte, das Spiel verloren habe. Also das war zu viel! Ich bin aufgesprungen, reingegangen und wollte meine Schwester anschreien. Doch dann habe ich bemerkt, dass sich die Mädchen geschminkt hatten und das nicht gerade wenig.

Ich hab sie gefragt, was sie da tun. Sie haben geantwortet, sie würden „Selfies“ machen.
Dann haben sie mir die Tür vor der Nase zugeschlagen. Mädchen sind schon echt blöd!  Ich hab die Tür zu gelassen ... weil ich mich gefragt habe:
Was sind eigentlich Selfies? Also bin ich zu Tom zurückgegangen. Denn der weiß immer alles, auch wenn

er mit seinem dünnen Heringskopf nicht so aussieht. Doch während er auf mich gewartet hat, hatte er Zeit, sich meinen Joystick zu schnappen, und war jetzt ganz auf sein Spiel konzentriert. Ich bin also an den PC meines Vaters gegangen. Ich kenne sein Passwort. Viel zu einfach, es ist: „Lisa“! 
Im Internet habe ich eingegeben:

Auf Wikipedia habe ich dann erfahren, dass diese „Selbstporträts" häufig in sozialen Netzwerken geteilt werden. Lieber Mensch aus der Zukunft, falls du solche Porträts aus dem 21. Jahrhundert besitzt, musst du wissen, dass das keine Kunstwerke sind, okay? Du brauchst sie nicht zu versteigern und zu hoffen, dass du dann Millionär wirst, das hat ÜBERHAUPT KEINEN ZWECK!

Vor allem nicht die von meiner Schwester und ihren Freundinnen! Aber jetzt konnte ich mich rächen: Wenn Marion meinen Eltern petzte, dass ich unter der Woche auf der Konsole spiele, würde ich ihnen erzählen, dass sie Fotos, auf denen sie zu stark geschminkt ist, ins Internet stellte.

Ich bin also zu ihr zurück, um meine Erpressung in die

Tat umzusetzen. Aber als ich hereinkam, lasen sie alle in einem Geschichtsbuch. Ich habe trotzdem versucht, meiner Schwester zu drohen. Aber sie zeigte mir ihr Handy, auf dem nur Fotos vom letzten Sommer bei Opa Joff und Oma Ragny waren. Und dann sagte sie, ich solle abschwirren.

Ich habe sie durchs Schlüsselloch beobachtet, um sie auf frischer Tat zu ertappen – aber nichts passierte. Sie haben weiter so getan, als würden sie „für die Schule lernen".

Als Marion am Abend erzählt hat, dass ich mit Tom den ganzen Nachmittag auf der Konsole gespielt habe, wusste ich nicht, wie ich mich verteidigen sollte.

Ich hab mich ins Bett gelegt und mein Niphon angemacht, und was sehe ich?

Dieses Weichtier hat die Gelegenheit genutzt, als ich meine Schwester beobachtet habe, und sich selbst mit <u>meinem</u> Handy fotografiert!

Donnerstag Lieber Mensch aus der Zukunft,

heute Abend hat Lisa beim Essen erzählt, dass ihre Lehrerin Lisa und ihrer Klasse in diesem Schuljahr erlaubt, ein Referat vorzubereiten. Meine Eltern waren beeindruckt. Pah! Lisa ist immer ihr Liebling.

„Toll! Was für eine schöne Idee! Das ist ja super!", sagte mein Vater.

„Und worüber möchtest du dein Referat halten? Pyramiden? Vulkane?", fragte meine Mutter.

„Nein, ich mach mit Romy ein Referat über Ben Didji."

Ben Didji ist Lisas Held. Letztes Jahr hat dieser Blödmann, auf den alle Mädchen abfahren, die Castingshow „The Choice" gewonnen. Den ganzen Sommer hieß es bei Lisa „The Choice" und sonst nichts. Einmal ist meine Mutter sogar mit ihr zu einer Signierstunde gegangen. Lisa wollte, dass ich auch mitkomme. Wir haben drei Stunden angestanden, um ihn am Ende drei Sekunden lang zu sehen. Ich musste mich verstecken: Ich hatte eine Heidenangst, dass Raul Kador mich in der Schlange entdeckt.

Ich fand es ziemlich ungerecht, dass die Lehrerin Lisa ein Referat über ihr Idol statt über ein anspruchsvolleres Thema halten ließ. Ich zum Beispiel hätte supergern eins über Pietro gemacht, meinen Lieblingsfußballspieler.

Schließlich hat Lisa uns gezeigt, was sie für ihr Referat schon zu Papier gebracht hatte:

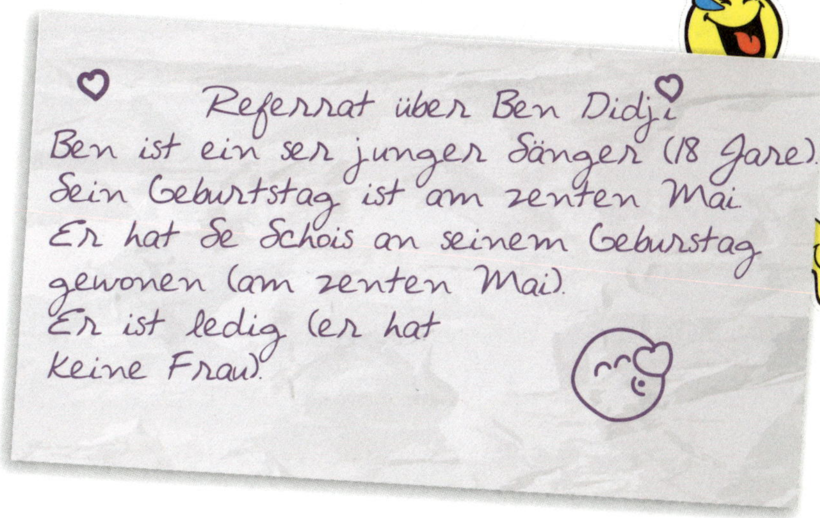
Referrat über Ben Didji
Ben ist ein ser junger Sänger (18 Jare).
Sein Geburtstag ist am zenten Mai.
Er hat Se Schois an seinem Geburstag gewonen (am zenten Mai).
Er ist ledig (er hat keine Frau).

Auf jeden Fall habe ich einen Entschluss gefasst: Ich muss mir unbedingt etwas ausdenken, um mich vor dem Ausflug ins Altenheim zu drücken. Nicht dass ich daran zweifle, vor einem Publikum, das mich hundertprozentig gut findet, singen zu können. Aber diese Art von Aufführung ist meiner nicht würdig.

Freitag

Lieber Mensch aus der Zukunft,

die ganze Nacht hab ich geträumt, ich wäre ein Star bei einem Konzert und Raul stünde in der ersten Reihe. Er schrie: Max Didjiiiiii, Max Didjiiiiii! Ich hör lieber auf: EIN ALBTRAUM!

Heute Morgen hatten wir Sport bei Herrn Ramoupoulos. Als ich die überall ausgelegten Matten und die verschiedenen Folterinstrumente in der Turnhalle sah, ahnte ich, dass die nächsten beiden Unterrichtsstunden eine wahre Freude werden würden. Der Lehrer verkündete, wir würden mit Turnen beginnen, und blähte seine Nasenflügel. Nicht gerade die Disziplin, in der ich mich am wohlsten fühle. Ich bin in den Mannschaftssportarten viel besser: Fußball, Basketball, Völkerball, ZombieErde etc. Deshalb habe ich bei dieser Ankündigung quasi vor Freude einen Luftsprung gemacht.

Als Nächstes hat er ein Blatt Papier ausgeteilt, auf dem ein Männchen abgebildet war, das verschiedene Übungsabfolgen turnt.

Mir zog sich der Magen zusammen. Herr Ramoupoulos setzte sich auf seine Bank und erklärte uns, wie es geht. Ich weiß nicht, wie es bei euch ist, Mensch aus der Zukunft, aber in unserer Zeit wollen die Lehrer immer liebend gern ERKLÄREN, wie ein Salto rückwärts geht, aber VORMACHEN wollen sie es fast nie ...

Als ich dran war, habe ich die Rolle vorwärts perfekt hinbekommen. Bei der Rolle rückwärts bin ich dagegen mit dem Hintern in der Luft stecken geblieben.

Da ich mit dem Kopf nach unten festsaß, wusste ich weder, wo ich war, noch wie ich mich aus diesem Schlamassel befreien sollte. Und da alle anderen vor mir an der Reihe gewesen waren, war keiner mehr da, der mir helfen konnte.

Unser Lehrer brauchte fünf lange Minuten, bis er merkte, dass ich fast in Lebensgefahr schwebte, weil ich ganz rot im Gesicht war und keine Luft bekam.

Er blies in seine Pfeife, aber das half mir auch nicht, so dass er trotzdem aufstehen musste. Er hat mich geschubst, damit ich meine Rolle beende, und hat sich wieder hingesetzt, ohne mir groß technische Ratschläge zu geben, wie ich solche Missgeschicke künftig vermeiden kann.  So viel zur ersten Übungsabfolge. Als Nächstes musste meine Gruppe über eine Matte rennen, auf ein Trampolin springen, im Spagat auf dem Pferd landen, aufstehen und auf einer großen Schaumstoffmatte (die furchtbar nach Socken stank) zum Abschluss kommen.  Lieber Mensch aus der Zukunft, du musst wissen, dass mein Zeitalter wirklich BARBARISCH ist. Arme, unschuldige Kinder wie uns dazu zu zwingen, solche Qualen zu erleiden, ist ein Verbrechen gegen die Menschlichkeit.

Von Weitem konnte ich sehen, dass sich Annas Gruppe gar nicht schlecht geschlagen hat. Ich wusste schon vorher, dass es bei mir nicht hinhauen würde, aber egal. Ich habe Anlauf genommen, bin heldenhaft losgestürmt, gerannt, aufs Trampolin gesprungen und ... habe das Pferd kläglich verfehlt, nur um dann als wirres Knäuel auf der dicken Matte aufzukommen. Eine schmähliche Niederlage, aber vorhersehbar!

Mir ist nichts passiert, anders als bei Chloé, die sich letztes Schuljahr mal eben die Schulter gebrochen hat. Ihr Arm war völlig verdreht und ist im Laufe des Tages ganz merkwürdig angeschwollen. Trotzdem sagte ihr der Lehrer, es wäre nichts und würde bald vorbeigehen. Das Ende vom Lied: zwei Monate Gips. Mir war nichts passiert ... na ja ... leider, denn als mir die Geschichte mit Chloés verdrehtem Arm einfiel, dachte ich mir, dass mich eine schöne Verletzung mit Krankenwagen und Notaufnahme auf jeden Fall vor dem Altenheim bewahrt hätte, also vor dem Klassenausflug. In der Umkleide musste sich Raul, der meine Glanzleistung auf dem Pferd mitbekommen hatte, natürlich über mich lustig machen.

Gute Besserung
ALTEN-
HEIM

OKTOBER

Montag

Unser Klassenausflug zum Altenheim rückt immer näher, er ist nächsten Freitag. Ich muss jetzt ALLES dafür tun, um KRANK ZU WERDEN.

PLAN A

Regelmäßig meinen Mantel vergessen, um mich zu erkälten.

PLAN B

Kranke Mitschüler ausfindig machen und versuchen, mir ihre Bakterien einzufangen.

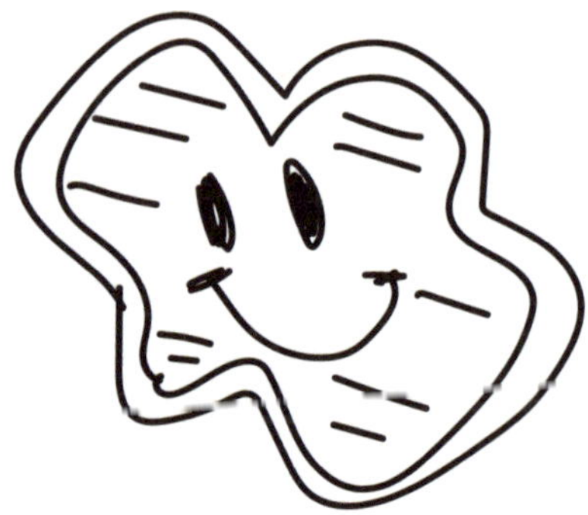

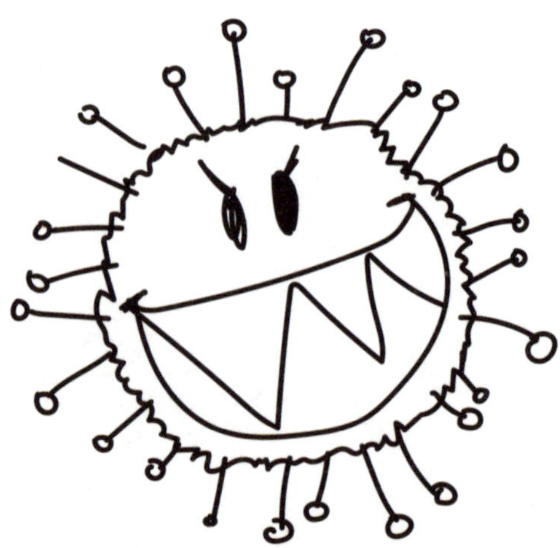

Genau an diesem Morgen war Theos Platz leer. Sofort schlug ich unserer Französischlehrerin Madame Boulet vor, ihm die Hausaufgaben zu bringen. Den ganzen Vormittag habe ich mich unglaublich hilfsbereit gezeigt und gewissenhaft alles für Theo mitgeschrieben.

 Als ich dann aber bei Theo geklingelt habe, hat er mir erzählt, dass er bei der Beerdigung seiner Urgroßmutter in der Normandie war. Das tat mir leid für ihn, aber ich war auch ziemlich enttäuscht. Nicht nur, dass er kerngesund war, er hatte auch noch das ganze Wochenende frische Meeresluft eingeatmet: keine Chance, dass er in den nächsten Tagen krank werden würde.

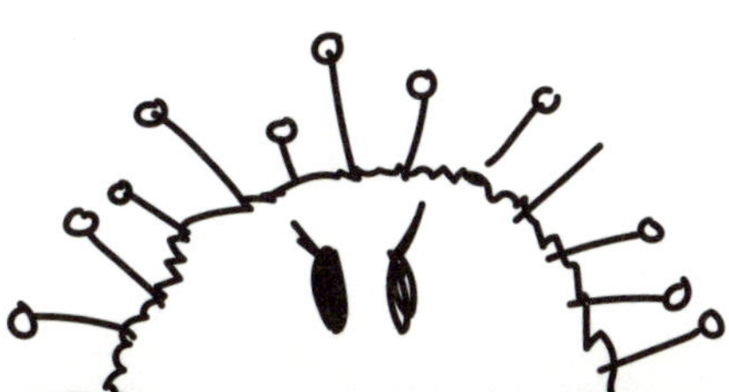

Mittwoch

Gestern hat Raul in der Pause damit angegeben, dass er eine ganze Packung abgelaufener Cornflakes gegessen hat, um seine Widerstandskraft zu testen. Aber dann hat er während der gesamten Mathestunde bei Herrn Tamisol über Bauchschmerzen geklagt.

Schließlich musste er die Klasse verlassen und aufs Klo gehen. Ich dachte mir: eine Magenverstimmung, das ist vielleicht genau das Richtige, um dem Altenheim und der peinlichen Darbietung zu entgehen, die mir bevorsteht. Und da Raul mein Banknachbar ist und ich jeden Tag fast sechs Stunden neben ihm sitze, kam das wie gerufen. Am liebsten hätte ich gleich ausposaunt, dass ich mich angesteckt habe. Ich hab beobachtet, dass Raul auf einem Stift herumgekaut hat, bevor er ihn in sein Mäppchen zurückgetan hat. Also hab ich ihm den Stift heimlich geklaut und selbst darauf herumgekaut. Ich weiß, das ist ziemlich eklig, aber manchmal muss man eben mit harten Bandagen kämpfen, um seine Haut zu retten.

Um Herrn Buck noch besser überzeugen zu können, dass ich nicht der ideale Kandidat für den Solopart bin, tat ich bei der Probe so, als hätte ich den Text vergessen:

AM ENDE DES LEBENS
IST KEINE HOFFNUNG MEHR DA
ES IST VORBEI ABER DIE PFORTEN
DES PARADIESES SIND EUCH HOLD …

Du merkst sicher, lieber Mensch aus der Zukunft, wie gut ich darin bin, Liedtexte umzuändern. Herr Buck wusste das allerdings überhaupt nicht zu schätzen. 

Abends habe ich meiner Mutter erzählt, dass ich Bauchschmerzen bekomme, weil Raul sich den Magen verdorben hat. Sie hat mir erklärt, dass eine Magenverstimmung nicht ansteckend ist. 

Donnerstag

Gestern Abend hat Lisa mir was auf die Hände gekritzelt. Da hatte ich eine geniale Idee. Ich hab sie um einen Gefallen gebeten.

Die Windpocken sahen ziemlich echt aus, auch wenn ich ein paar Verbesserungen vornehmen musste. Damit Lisa nichts ausplaudert, musste ich sie mit einem Geschenk bestechen. Als meine Mutter dann nach Hause kam, habe ich ganz krank getan und ihr meine Arme gezeigt. Sie hat gemeint, das sehe tatsächlich schlimm aus, und ich hab ihr gesagt, ich wüsste nicht genau, ob ich zu Abend essen könne, und ich müsse mich ins Bett legen. Um mich zu trösten, hat sie ein besonderes Duschgel für mich aus der Tasche gezogen.

Ich hab mich TOTAL gefreut! Das Duschgel habe ich mir schon seit Wochen gewünscht. Ich bin also gleich ins Bad, hab mich damit eingeseift und es duftete richtig toll. Ausnahmsweise habe ich wirklich gern geduscht …

… aber meine aufgemalten Windpocken hatte ich dabei komplett vergessen …

Freitag

Heute Morgen musste ich mich meinem Schicksal fügen: Ich würde die unabwendbare Demütigung überstehen und dieses FURCHTBARE Lied vor der ganzen Klasse und vor lauter Fremden singen müssen. Der einzige Vorteil bestand darin, dass ich Herrn Ramoupoulos' Turn-Stationen entkommen konnte. Ich habe Tom auf dem Schulweg getroffen, ihm von meinem Problem erzählt und um Rat gefragt. An Ideen mangelte es ihm nicht:

- mir einen Arm oder ein Bein brechen
- mich Steine essen lassen
- mich in ein Wespennest stoßen.

Ich musste ihn bremsen. Er wollte mich zum Lachen bringen:

– Kennst du den Frühstückswitz?

– Nein.

– Hotelgast: „Sieht nach Regen aus." Ober: „Ist Kaffee."

Wir kamen am Bus an. Raul und seine Versagerbande hatten schon die besten Plätze ganz hinten besetzt.

Wir haben uns also Plätze ein paar Reihen weiter vorn gesucht, genau hinter Enzo. Enzo Danleau ist der Größte unserer Klasse. Seine Mutter hat ihm ein Thunfisch-Sandwich gemacht, weil er morgens keine Zeit zum Frühstücken hatte und es außerdem Freitag war. Freitags gibt es bei den Danleaus immer Fisch. Er hat es sofort gegessen. Seine Mutter hatte außerdem einen Apfelkuchen gebacken, um den Leuten im Altenheim eine Freude zu machen, und den hielt er auf dem Schoß.

Der Bus fuhr los. Nach zehn Minuten wurde Enzo schlecht und nach einer Viertelstunde erbrach er das Thunfisch-Sandwich auf den Kuchen.

Er fing sofort zu weinen an. Herr Buck musste den Bus anhalten lassen, um alles sauber zu machen. Aber es war schon zu spät. Der Gestank war fürchterlich!  Dann hat er Enzo ganz vorn hingesetzt, damit er die Straße sehen kann, und wir sind weitergefahren.

Um uns abzulenken, hat unser Lehrer das Lied „Die Hoffnung und das Leben" in der Anlage im Bus angemacht. Ich hab gesehen, wie Raul ganz hinten im Bus mit dem Finger auf mich gezeigt hat, und dabei hat er geflüstert: „Extra für Max!"

Vorn war unserer Lehrer aufgestanden und gestikulierte wild herum.

Ich fragte mich, ob Enzo sich nicht vielleicht noch mal übergeben würde. Dann hab ich gehört, wie der Busfahrer Herrn Buck gebeten hat, sich wieder hinzusetzen, wegen der Sicherheitsvorschriften. Unser Lehrer hat sich auf der ganzen restlichen Fahrt nicht mehr getraut, auch nur ein Sterbenswörtchen zu sagen.

Kaum waren wir angekommen, nahm ich allen Mut zusammen. Ich ging zu Herrn Buck und sagte ihm, mir sei auch schlecht, ich würde mich überhaupt nicht gut fühlen und sähe mich außerstande zu singen. Das stimmte auch FAST, ich schwöre. Aber er gab mir einfach eine Packung Pfefferminzbonbons. Jetzt gab es kein Entrinnen mehr. 

Der Leiter des Altenheims wuschelte jedem von uns zur Begrüßung in den Haaren, als wären wir vier Jahre alt. Dann führte er uns in einen großen Saal, wo uns Leute erwarteten, die alle Opa Joff und Oma Ragny ähnelten. Sie sahen nett aus, aber auch so, als würden sie schon seit Jahren da sitzen. 

Sie hatten Kuchen, Saft und Milch für uns bereitgestellt und ein Spruchband mit Buchstaben in allen Farben aufgehängt:

Wahrscheinlich dachten sie, eine erste Klasse aus der Grundschule würde hier auftauchen.

Herr Buck war allmählich genervt, weil er wollte, dass wir endlich singen. Durch Enzos Erbrechen waren wir alle in Verzug geraten. Ich persönlich hatte es nicht eilig. Herr Buck forderte uns auf, uns vor den alten Leuten aufzustellen, und erklärte mir, dass ich bei jedem Refrain einen Schritt nach vorn machen sollte. Dann wühlte er in einem großen Sack und zog Hüte in Herzform und einen in Form einer Sonne heraus. Die Sonne war offensichtlich für mich gedacht und die Herzen für die anderen. Das hat mir ein wenig Mut gemacht, weil ich mir dachte, ich werde immerhin nicht der Einzige sein, der sich hier blamiert.

Raul ist vor Wut ganz rot geworden bei dem Gedanken, ein Herz auf dem Kopf tragen zu müssen.  Tom hat sich freiwillig gemeldet, um die Hüte auszuteilen.

Herr Buck hat seine CD in die Stereoanlage im Saal gesteckt, sich zu uns umgedreht, die Arme gehoben und sich darauf vorbereitet, den Dirigenten zu geben – doch die CD lief nicht. 

Der Heimleiter schritt ein, und dann verbrachten die beiden eine halbe Stunde auf allen Vieren vor den Kabeln und wir konnten unsere Hüte wieder abnehmen.

Im Saal bemerkte ich eine kleine alte Frau im Rollstuhl, die vor einem Spiegel mit sich selbst sprach.

Ich sagte mir, dass es hier zumindest einen Menschen gab, den meine Blamage nicht erreichen würde, und dass ich beim Singen alle Aufmerksamkeit auf sie richten würde. Mein Vater sagte immer, wenn man in der Öffentlichkeit sprechen müsse, gebe es den Trick, den Blick einfach auf eine bestimmte Person zu heften. Und ich dachte, dass er vielleicht ausnahmsweise recht haben könnte.

Da meine Würde sowieso bald für immer verloren sein würde, konnte ich seine Methode ruhig ausprobieren.

Schließlich schallte die Musik durch den Saal, wir setzten unsere Hüte wieder auf und begannen zu singen.

Die Altenheimbewohner nickten mit den Köpfen zur Musik. Beim Refrain stand sogar eine Bewohnerin auf, um zu tanzen, das machte mir Mut. Dann klatschten sie Beifall und Herr Buck nahm sofort seine CD aus der Anlage. Geschafft! Fertig. Ich war echt froh ...  und fast gerührt, denn all diese alten Leute erinnerten mich plötzlich an die schönen Momente, die ich mit Opa Joff und Oma Ragny erlebt hatte. Sie wären bestimmt mächtig stolz auf mich gewesen, wenn sie mich bei so einer guten Tat gesehen hätten. Opa Joff hätte mir sogar einen kleinen Schein als Belohnung zugesteckt, um „meine Finanzen etwas aufzubessern", wie er oft sagt ... Na gut, lieber Mensch aus der Zukunft, von nichts kommt eben nichts! In dem Moment, als ich mir dachte, dass ich es voll drauf hätte und mir alles Kopfzerbrechen hätte sparen können, haben wir mit den alten Leuten Kuchen gegessen, obwohl es eigentlich eher Zeit fürs Mittagessen war. Einer von ihnen hat mich Julius genannt und fünf Mal gefragt, wann ich in den Ferien komme. Wir haben Bilder ausgemalt, Ketten aus Nudeln gebastelt und geknetet.

Beim Verabschieden haben uns die alten Leute Tütchen mit Luftballons und weichen Karamellbonbons geschenkt. Die Bonbons hab ich behalten und die Ballons hab ich Lisa gegeben.

Samstag

Es sind Ferien. Ich liege krank im Bett. Ich konnte nicht mal mit dem Zug zu Opa Joff und Oma Ragny in die Bretagne fahren. Alles nur, weil ich die ganze letzte Woche ohne Mantel zur Schule gegangen bin …

Deshalb hat mir meine Mutter eine riesige, viel zu lange Daunenjacke gekauft, in der ich nicht laufen kann, wenn sie zu ist. Außerdem hat sie FELL an der Kapuze. Du kannst ganz sicher sein, dass Raul mich nach den Ferien „Mamas Liebling“ nennen wird. Lieber Mensch aus der Zukunft, ich schreibe später weiter, denn im Moment ist mein Fieber anscheinend zu hoch – ich fange an, mir Dinge einzubilden:

NOVEMBER

Sonntag

Lieber Mensch aus der Zukunft,

stell dir vor, ich konnte doch noch zu Opa Joff und Oma Ragny in die Ferien fahren, hab aber mein Beweisdokument vergessen. Hoffentlich haben es meine Eltern oder schlimmer noch Marion nicht entdeckt. Ich hatte es so gut unter meinem Bett versteckt, dass ich es sicher genau deshalb vergessen habe. Da ich aber so vorausschauend bin, habe ich eine Warnung an den Anfang geschrieben, hast du bestimmt gesehen. Die wird sicher mehr als einen vom Schnüffeln abhalten, sag ich dir!

WER IMMER DU BIST, STECK DEINE NASE NICHT IN MEINE ANGELEGENHEITEN!

Um es kurz zusammenzufassen, die Ferien waren sehr ruhig. Weit weg von Raul dem Schreckgespenst und seiner Versagerbande, Turnen und bescheuerten Schulplänen. Weniger gut war, dass ich meine Spielkonsole nicht mitnehmen durfte.

Wir haben uns aber bei Opa Joff und Oma Ragny nicht gelangweilt. Ich sage „wir", weil Lisa mitgefahren ist. Während der ganzen Zugfahrt musste ich Ben Didji ertragen. Lisa hatte mir einen der Ohrstecker ins Ohr gesteckt – bis auf einen Moment, als alle uns ansahen: Die Kopfhörer hatten sich vom Handy gelöst und Ben Didji schallte in voller Lautstärke durch den ganzen Waggon.

HUUUUUH! AAAAAH! AH-AH-AH! UH-UHUH!

Seit sich unsere Blicke begegnet sind,

habe ich keine Albträume mehr.

Du bist der Grund, warum ich lebe.

Für dich werde ich nie aufhören zu singen.

Folge mir ans Ende der Welt ...

Ich warte auf deine Antwort!

HUUUUUH! AAAAAH! AH-AH-AH! UH-UHUH!

Marion wollte lieber zu Hause bleiben, um sich mit ihren Freundinnen zu treffen ... und sicher auch, um Selfies zu machen. Ich bin fast jeden Tag mit Opa angeln gegangen.

Ich liebe es, die Meeresluft einzuatmen, und da ich gerade krank gewesen war, war das Jod „gut für meine Gesundheit", wie Oma sagt. Opa will immer, dass ich mit ihm zum Angeln komme.

Aber wenn wir dann da sind, darf ich die Angeln nicht anrühren. Also spiele ich stattdessen mit den Maden, was Opa aber auch stinkt, weil ich sie im Sand verliere.

Lisa hat mit Oma Kuchen gebacken und gestrickt. Sie hat sich in den Kopf gesetzt, einen Schal zu stricken.
Ich habe sie dazu ermuntert (um meine Ruhe zu haben), aber das Ergebnis war nicht ganz so, wie sie es sich vorgestellt hatte: →

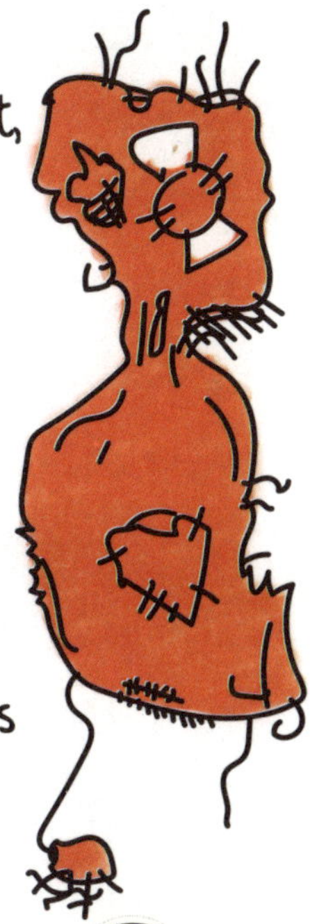

Oma und Opa sind auch mit uns auf den Friedhof gegangen, denn Allerheiligen ist das Fest der Toten. Ich war noch nie auf einem Friedhof. Wir haben Blumen auf Tante Simones Grab gelegt. Ich habe eine dicke Träne über Oma Ragnys Wange kullern sehen. In dem Moment ist Lisa verschwunden. Wir haben eine gute halbe Stunde gebraucht, um sie wiederzufinden. Sie saß vor ein paar Chrysanthementöpfen und zupfte die Blumen ab, um einen Strauß für Oma Ragny zu binden. Während ich Lisa gesucht habe, bin ich an ein paar alten, kaputten Gräbern vorbeigekommen, die halb offen waren. Anscheinend kümmerte sich niemand mehr darum. Drinnen war es ganz düster.

Da musste ich an ZombieErde, mein Videospiel, denken.  Ich hatte echt Angst, ein Skelett oder so was Ähnliches aus dem Loch steigen zu sehen. Da mich die ganze Geschichte etwas traurig gemacht hat, bin ich am Ende der Ferien zum Souvenirladen gegangen und habe Schlüsselanhänger mit den Vornamen meiner Eltern und von Marion gekauft. Die gute Nachricht war, ich habe rausgefunden, dass man das Fell von meiner neuen Daunenjacke abtrennen kann.  Das hab ich also gemacht, und keine Ahnung, wieso, es auf meinem Bett liegen lassen. Später habe ich dann Oma in meinem Zimmer brüllen hören. Als wir hin sind, um nachzusehen, was los ist, schlug sie mit ihrem Besen darauf ein. 

Dienstag

Lieber Mensch aus der Zukunft,

ich erspare dir die Einzelheiten des Schulanfangs nach den Ferien, denn jetzt interessiert mich etwas VIIIIEL Wichtigeres:

ZombieErde 2 kommt an Weihnachten raus!

Jep, ich habe die Werbung im Fernsehen gesehen! Ich muss also geschenketechnisch auf Nummer sicher gehen und dafür sorgen, dass das Spiel auf jeden Fall unterm Weihnachtsbaum liegt.  Das ist genau der richtige Moment, meine Eltern um eine kleine Taschengelderhöhung zu bitten, dachte ich mir. Zuerst wollte ich nur mit meinem Vater darüber reden. Wir Männer verstehen uns. Doch als er von der Arbeit nach Hause kam, schien er sehr schlecht gelaunt zu sein: Seine russischen Kunden hatten gerade einen Auftrag über 1000 Waschbecken zurückgezogen. 

Also wollte ich das Thema beim Abendessen ansprechen, aber Marion war schneller als ich. Sie muss telepathische Fähigkeiten haben, das kann echt nicht wahr sein, man verheimlicht mir was! 
Aber als mein Vater anfing, Euro in Rubel umzurechnen, hab ich es gar nicht erst versucht.

DEZEMBER

Lieber Mensch aus der Zukunft,

Freitag

heute Morgen habe ich meinem Vater – immer noch wegen der Sache mit dem Taschengeld – gesagt, dass wir mehr Zeit miteinander verbringen müssten. Ich hab ihm vorgeschlagen, dass er mich von der Schule abholt und wir dann zusammen zur Autowaschanlage fahren. 
Bei Carclean habe ich dann angefangen, die Felgen mit einer kleinen Bürste zu putzen. Bis dahin lief alles gut. Dann hat mein Vater das Auto in die Anlage reingefahren. Ich hab ihn mit großen Gesten eingewiesen. Die riesige Maschine hat sich in Bewegung gesetzt und mein Vater und ich haben zugesehen, wie das Auto zwischen den Bürsten verschwindet. Nur hatte ich leider mein Fenster halb offen stehen lassen ...  und es zu spät gemerkt. Der Innenraum vom Auto war pitschnass. Das Schlimmste war aber, dass ich meine Schultasche auf dem Rücksitz habe liegen lassen. Als das Gebläse begann, habe ich meine Arbeitsblätter im Auto herumfliegen sehen.

EIN EINZIGES GEMETZEL! 

Am Ende habe ich noch voller Schrecken den Mathetest, den Herr Tamisol uns am Morgen zurückgegeben hatte, an der Heckscheibe kleben sehen.

Montag

Lieber Mensch aus der Zukunft,

nach diesem Vorfall habe ich endgültig darauf verzichtet, meinen Vater um eine Taschengelderhöhung zu bitten. Aber mir ist DIE geniale Idee in puncto Weihnachtsgeschenke gekommen: Ich werde Rabattcoupons sammeln! Mit Unschuldsmiene bin ich zu meinem Vater gegangen und hab ihm vorgeschlagen, dass ich ab jetzt jeden Tag bis Ende Dezember die Post reinhole. GEBONGT! Er war direkt einverstanden und ich habe sofort zwei eingeheimst, die gar nicht so schlecht sind.

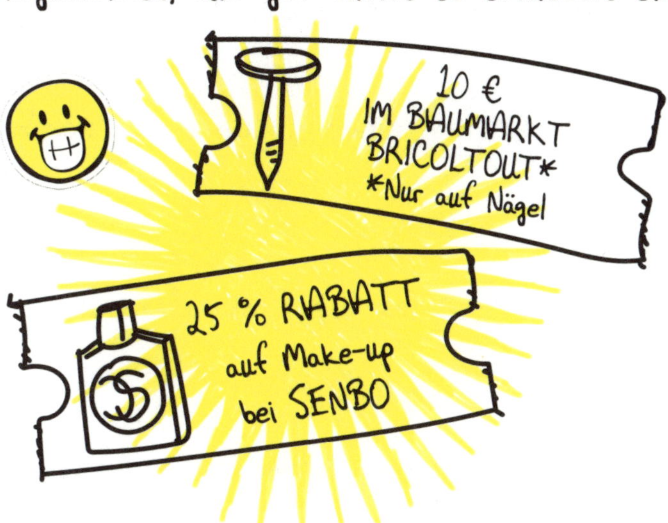

Mittwoch

Gerade ist mir folgender Gedanke gekommen: Der Dezember ist nicht unbedingt die beste Zeit für Rabattgutscheine. Klar! Diese Marketingleute sind ja nicht blöd: Sie sagen sich, Weihnachten ist so oder so, und wenn die Leute es nicht ausfallen lassen, müssen sie sich auf jeden Fall beschenken.

Also: Wenn ich mich auf unseren eigenen Briefkasten beschränke, komme ich nicht weit. Daher habe ich beschlossen, von Tür zu Tür zu gehen und unseren Nachbarn als Gegenleistung für ihre Gutscheine kleine Dienste anzubieten.

Ich habe mir schon einen guten Plan zurechtgelegt:

MONTAG

Frau Quinion —> ihr die Einkaufstaschen tragen.

DIENSTAG

Frau Roudan —> mit ihrem Hund Gassi gehen.

MITTWOCH

Herr Lopez –> Brot für ihn kaufen.

DONNERSTAG

Frau Martin –> ihre Windschutzscheibe freikratzen.

FREITAG

Herr Lupus –> die Hecke schneiden.

SAMSTAG und SONNTAG

Ausruhen!

Na? Findest du nicht, dass ich für mein Zeitalter unheimlich intelligent bin?

Freitag

Heute hat mir Herr Lupus einen Coupon gegeben, der Gold wert ist: ein Rubbellos, mit dem man eine Wintersportreise gewinnen kann!

Lieber Mensch aus der Zukunft,

Donnerstag

unser Schulleiter hat uns alle auf dem Pausenhof versammelt, um uns von der Aktion „Reisschale" zu erzählen, die nächste Woche stattfinden soll, für die hungernden Kinder auf der Welt.

Er hat uns genau erklärt, wie das ablaufen soll: Jeder von uns bringt ein Päckchen Reis mit und stellt es im Speisesaal ab. Am Freitag vor den Ferien bekommen wir dann in der Schule nichts als eine Schale Reis zum Mittagessen. Von dem gesparten Geld wird dann Essen für notleidende Kinder oder Waisen gekauft. Wenn man wirklich sehr großzügig ist, kann man auch in einem großen Karton Konservenbüchsen, Nudelpackungen und nicht verderbliche Lebensmittel abstellen, die dann den Kindern geschickt werden.

Ich fand diese Idee ziemlich gut, vor allem weil Celia und Anna damit beauftragt wurden, die Liste der gespendeten Lebensmittel zu führen.

Freitag

Lieber Mensch aus der Zukunft,

ich habe ein Päckchen Reis und eine Dose eingemachte Früchte im Speisesaal abgestellt. Sogar meine Lieblingsfrüchte, gezuckerte Kirschen.

Und stell dir vor, Enzo Danleaus Mutter hat in sein Hausaufgabenheft geschrieben, dass er an dem Tag ausnahmsweise zu Hause essen soll, weil er eine Reisallergie hat …

Dienstag

Lieber Mensch aus der Zukunft,

oh Mann! Was für eine Geschichte heute Abend!

Ich bin mit Tom von der Schule nach Hause gegangen und wir haben uns beeilt, weil ich Rocky, den Hund von Frau Roudan, ausführen musste. Tom hat mir angeboten, mich zu begleiten. Man muss dazu sagen, dass der Hund von Frau Roudan mal einen Unfall hatte. Vor zwei Jahren ist ihm ein Auto über die Hinterpfoten gefahren. Seitdem hat er nur noch drei Pfoten und humpelt.  Aber er muss sich trotzdem bewegen, damit er in Form bleibt. Deshalb muss man oft mit ihm Gassi gehen. Da ich Frau Roudans Hausschlüssel habe, sind wir zu ihr nach Hause, haben Rocky geholt, ich hab ihn an die Leine genommen und wir sind losmarschiert. Aber nach zehn Minuten sind uns Anna und Celia über den Weg gelaufen.

Ich hab ein bisschen mit Rocky angegeben, um

ihnen zu zeigen, wie tierlieb ich bin. Mädchen lieben Tiere. Dann hab ich ihn angebunden, weil die Mädchen wollten, dass wir uns zusammen die Liste für die Aktion Reisschale ansehen. Ich habe sie darauf hingewiesen, dass das Päckchen Reis und die Dosenfrüchte MIT gezuckerten Kirschen von mir waren. Mädchen stehen auf so großzügige Typen wie mich. Dann sind sie weitergegangen, wir haben uns umgedreht und Rocky war nicht mehr da.

Wir haben ÜBERALL gesucht, aber keine Spur von ihm. Mit seinen drei Pfoten konnte er allerdings nicht allzu weit gekommen sein. Uns blieb nur ein Ausweg: Plakate aushängen. Tom und ich sind schnurstracks zu mir nach Hause und haben Rocky auf lauter Blätter gemalt. Das Porträt war nicht unbedingt schmeichelhaft, aber man hat ihn erkannt.

Ich nahm Klebeband mit und wir klebten unsere Plakate überallhin … nur nicht dorthin, wo Frau Roudan normalerweise entlangging.

Aber nach einer Stunde mussten wir einsehen, dass das nicht viel brachte.

Plötzlich fiel Tom etwas ein: „Und was ist mit dem japanischen Restaurant? Die Japaner essen doch angeblich Hunde!"

Ich hab Tom an seinem Mantel gepackt und wir sind losgerast. Zufall oder nicht, er hatte recht! Sie hatten den Hund. Sie haben ihn vor der Tür gefunden und einfach abgewartet, ob ihn jemand vermisst, aber ich hatte das Bild von Rocky als japanisches Sushi noch immer im Kopf. 

Ich habe ihn zu Frau Roudan zurückgebracht, die gerade nach Hause kam. In der Zwischenzeit hat Tom sich darum gekümmert, die Plakate alle wieder abzuhängen. Um ihm zu danken, hab ich ihm das Rubbellos für die Wintersportreise geschenkt …

Mittwoch

Heute haben Tom und ich wieder den Geheimgang benutzt und festgestellt, dass sich das Graffiti darauf schon wieder geändert hat. Das war seltsam, denn dort stand:

Zuerst die Reisschalenaktion und dann auch noch Rocky in einem japanischen Restaurant? Langsam wurde ich nachdenklich …

Lieber Mensch aus der Zukunft,

Freitag

heute fand die Reisschalenaktion statt. Wir sind alle in den Speisesaal gegangen, außer Enzo Danleau. Er hat geweint, als ihn seine Mutter mittags abgeholt hat. Ich glaube, er hätte gern bei der Aktion mitgemacht. Zum Essen haben wir einen großen Teller voll bekommen und der Rektor hat einen UNENDLICH LANGEN Vortrag über Großzügigkeit gehalten. Celia und Anna haben sich darum gekümmert, die letzten Spenden in die Kartons zu packen. Anna ist wirklich süß.

Aber dieser Trottel von Lucas Salliard, du weißt schon, einer der drei Versager aus Rauls Bande, hatte eine Tafel Schokolade in seiner Manteltasche versteckt. Er wollte damit vor Raul und den beiden anderen angeben, aber der Schuss ging nach hinten los. Raul hat ihn sofort verpetzt.

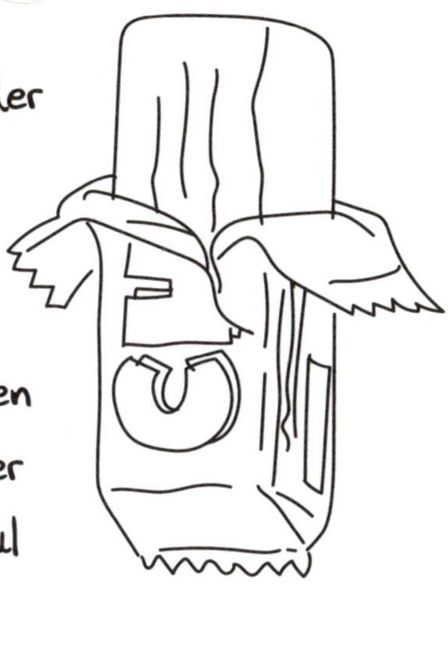

Genau in dem Moment standen natürlich Celia und Anna beim Rektor, um ihm die Spendenliste zu überreichen. Vor den Mädchen hat Raul einen von „Anstand" geschwafelt, und dass man diejenigen melden müsse, die „sich nicht an die Spielregeln der Solidarität halten". Ich finde allerdings, seine Freunde zu verpfeifen, ist viel schlimmer.

23. Dezember

Lieber Mensch aus der Zukunft,

tada! Hiermit verkünde ich, dass meine Rabattcouponsammlung vollständig ist:

für Papa

für Mama

für Marion

für Lisa

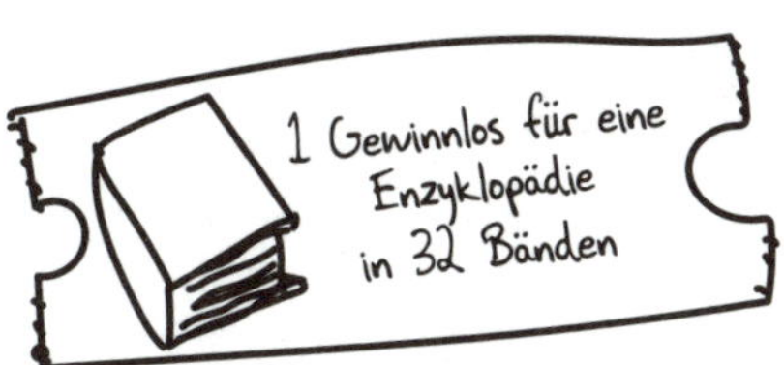

für Tom

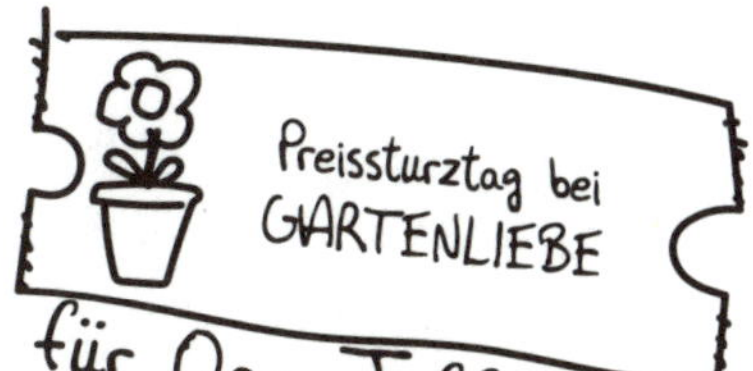

für Opa Joff und Oma Ragny

Lisa ist gekommen, um mir zu helfen. Sie fand meine Idee auch klasse. Wir haben alles eingepackt und die Vornamen auf die Geschenke geschrieben. Das wird ein Riesenerfolg!

25. Dezember

Lieber Mensch aus der Zukunft,

leider hat mein Plan <u>ÜBERHAUPT NICHT</u> funktioniert: Als wir die Namensaufkleber auf die eingepackten Geschenke geklebt haben, haben wir alles vertauscht. Und natürlich hat es der Zufall noch schlimmer gemacht.

Zu allem Überfluss fand Lisa meine Idee so toll, dass sie sie nachmachen wollte. Nur dass sie erst acht ist und keine Ahnung von guten Geschenken hat. Deshalb bekamen wir alle Gutscheine über einen Gratis-Kostenvoranschlag zur Bedachung und Neuverputzung, zur Baum-Auslichtung und -Beschneidung, für eine kostenlose Immobilienbewertung, einen Besuch bei einem Wahrsager und sogar eine kostenlose Führung durch ein Bestattungsinstitut.

Meine tolle Idee war ein Reinfall. Aber was mich betrifft, bin ich noch ganz gut dabei weggekommen. Marion hat mir ihren Kuli mit acht Neonfarben geschenkt, den ich mir allerdings seit drei Jahren nicht mehr wünsche.

Von Opa Joff und Oma Ragny habe ich einen großen Mausekopf mit einem Haken, einem langen Körper ohne Beine und einem Reißverschluss bekommen. Sie haben mir erklärt, das sei ein Schlafanzug-Kissen … Oma Ragny erzählte, sie habe ihn es auf dem Markt gekauft und wenn ich wolle, könne ich es durch das Modell Nilpferd ersetzen. Also wenn 11 Jahre bei Jungs ein kritisches Alter sein soll, kann ich nur sagen JA, DAS STIMMT! Mir blieb nur noch ein Geschenk zum Auspacken, das von meinen Eltern, und das entpuppte sich als …

ZombieErde 2

Ich habe sofort Tom angerufen und ihn gefragt, ob er zum Spielen kommen will. Er hat mir erzählt, dass seine Eltern das Los für die Wintersportreise freigerubbelt hätten … und dass sie gewonnen haben!

JANUAR

Lieber Mensch aus der Zukunft,

Montag

ich bin zurück an der Schule und es geht gleich GUT los: Herr Schmitt hat angekündigt, dass wir im April Besuch von unserer englischen Partnerschule bekommen. Jeder von uns wird für eine Woche einen Schüler bei sich aufnehmen. Davor schreiben wir uns per Mail im Technikkurs bei Madame Boulouche. Und da Herr Schmitt möchte, dass seine Schüler einen „tadellosen" Eindruck machen, hat er eine neue Regel aufgestellt: Wenn er die Klasse betritt, müssen wir ab sofort aufstehen. Und wenn er sagt:

 – GOOD MORNING, CLASS!

müssen wir antworten:

 – GOOD MORNING, TEACHER!

Das heißt: Guten Morgen, liebe Klasse! Guten Morgen, Herr Lehrer!

Falls du meine Meinung hören willst, das ist doch total bescheuert. 

Freitag

Lieber Mensch aus der Zukunft,

ich bin seit einer Woche wieder in der Schule und darf offiziell verkünden, dass das Turnen vorbei ist. Endlich. Jetzt gehen wir mit Herrn Ramoupoulos ins Schwimmbad. Zum Glück kann ich dank Opa Joff  ganz gut schwimmen. Er hat es mir in der Bretagne beigebracht. Zuerst hat er mich ein paar  Trockenübungen im Sand machen lassen. Als er dann das Gefühl hatte, ich bin so weit, hatte er die Idee, seinen Freund Bruno, den Automechaniker, zu besuchen, und sich bei ihm einen LKW-Schlauch zu besorgen. Den schnürte er auf sein Autodach und am Strand konnte ich ihn dann als Schwimmreifen benutzen. Aber eines Tages löste sich der Schlauch vom Dach, ohne dass wir es mitbekamen, und wir fanden ihn nie wieder. Auf jeden Fall machte ich mir heute Morgen in der Schule keine allzu großen Sorgen. Zumindest am Anfang, denn in der Umkleide merkte ich dann, dass die Badehose, die meine Mutter mir gekauft hatte, viel zu klein war.  Ein bisschen bin ich selbst daran schuld, weil ich sie nicht anprobieren wollte.

Beim Aufsetzen der Badekappe brauchte ich drei Versuche, damit ich mir keine vorzeitige Glatze holte und mir kein Auge rausfiel.

Ich weiß nicht, wieso, aber in den städtischen Hallenbädern ist es immer kalt und total eklig.  Anscheinend schütten die irgendeine merkwürdige Mischung ins Chlor oder sowas, damit man beim Einatmen gleich Angstzustände kriegt! Aber für Enzo Danleau muss es noch viel SCHLIMMER gewesen sein:  Seine Mutter wollte ihn vom Schwimmunterricht befreien lassen, aber, Pech gehabt, der Arzt war ein vehementer Verfechter des Sports und wollte nichts davon hören. Um Enzo Mut zu machen, hatte ihm seine Mutter also eine Badehose gekauft, auf der Baywatch steht. Das ist Englisch und heißt Wasserrettung. Ehrlich gesagt sah Enzo mit seiner Hose ganz cool aus, aber leider klapperte er mit den Zähnen und zitterte so sehr, dass er im Desinfizierbecken ausrutschte.

Lieber Mensch aus der Zukunft, diese Desinfizierbecken sind die blödeste Erfindung, die es gibt: Man soll seine Füße da reinhalten, damit sie vor dem Schwimmen sauber sind, aber genau deshalb tummeln sich ja alle möglichen Bakterien darin.

Zumindest glaubte ich das ... Ich wollte meine Füße nicht da reinstecken, bis mich Herr Ramoupoulos reingeschubst und mir erklärt hat, dass das Desinfektionsmittel im Fußbecken eben genau diese Mikroben abtötet.

Danach erwartete uns Herr Ramoupoulos am Beckenrand sitzend. Er blies in seine Pfeife und stellte uns David vor, unseren Schwimmlehrer, ein Muskelpaket mit Stiernacken und einem  winzigen Schnurrbart.

Er verkündete mit lauter Stimme, dass er mit uns einen Schwimmtest machen würde, um uns in Gruppen einzuteilen. Ich dachte mir, ich fange lieber langsam an, um nicht gleich mein ganzes Können zu zeigen.  Ich tat also im Nichtschwimmerbecken so, als könne ich nicht besonders gut schwimmen, zappelte unkoordiniert mit Armen und Beinen und spuckte Wasser aus. So kam ich mit Enzo Danleau in die blaue Gruppe, die im Nichtschwimmerbecken blieb. Tom war in der gelben, mittleren Gruppe und Raul Kador in der roten.

Plötzlich, keine Ahnung, wieso, fing Enzo an, unterzugehen, obwohl er hier doch stehen konnte. Mutig, wie ich bin, habe ich keine Sekunde gezögert, ihm zu helfen.

Ich wusste, wie man jemanden rettet, weil Marion letztes Jahr einen Erste-Hilfe-Kurs gemacht und an mir geübt hat. Ich bin also auf den Grund getaucht und hab Enzo unter den Armen gepackt. Dann habe ich ihn heldenhaft hochgezogen und schwimmend bis an die Stufen gebracht. Einen Moment kam ich mir vor wie in einer Fernsehserie: tropisches Klima, ein Sonnenuntergang, Kokospalmen und lauter Mädchen, die meinen Mut bewunderten.

Ich hoffte, dass Anna KEINE MILLISEKUNDE meiner Rettungsaktion verpasst hatte, als ich plötzlich den verhängnisvollen Pfiff von Herrn Ramoupoulos hörte. Er gab mir vom Rand des Schwimmerbeckens ein Zeichen, dass ich sofort in die rote Gruppe wechseln solle.

Donnerstag

Als ich heute Morgen aufgewacht bin und mich mühsam ins Bad geschleppt habe, habe ich im Spiegel gesehen, dass ich einen riesigen Pickel auf der Nase habe ... genau in der Mitte! Voll eklig! 

 Den hatte ich mir ganz sicher im Schwimmbad geholt. Lieber Mensch aus der Zukunft, ich hoffe, dass es den Wissenschaftlern in deinem Zeitalter gelungen ist, das menschliche Genom zu verändern und endgültig das Chromosom „Akne" zu beseitigen, das mir seit ein paar Monaten das Leben schwer macht. Ich habe im Schminktäschchen meiner Mutter eine Tube mit beiger Creme gefunden. Die würde mir sicher den Tag retten. Ich habe mir ein bisschen davon auf die Nase geschmiert, gut verrieben und im Spiegel gesehen: Die Wirkung war super, man konnte den Pickel fast nicht mehr sehen. Also los zur Schule. Tom war nicht an unserem Treffpunkt. Ich schickte ihm eine SMS.

Auf die Mauer in unserem Geheimgang hatte jemand eine rote Badehose gemalt, auf der „S.O.S.“ stand. Das hat mich an Enzo Danleaus Hose erinnert. Merkwürdig. Der geheimnisvolle Sprayer konnte aber nicht Enzo selbst sein. 

Tom nicht da, immer noch keine Erklärung für die seltsamen Graffitis ... Das fing ja gut an. Den ganzen Tag hatte ich dann das Gefühl, dass mich alle Schüler komisch ansehen und mir auf die Nase starren. Manche wie Rami Nouch schielten direkt darauf.  Gut, Rami Nouch sieht schlecht und schielt sowieso die meiste Zeit, also zählt das nicht. Ich sagte mir, das ist alles „psychologisch“ und ich darf einfach nicht mehr an meinen Pickel denken. Außerdem war er ja gut unter der Grundierung meiner Mutter versteckt. Aber in der Klasse hörte ich dann in der Französischstunde bei Madame Boulet ein paar Mitschüler meinen Namen flüstern. Und da fragte ich mich dann schon, warum mich Lucas Salliard „Tigger“ nannte und sich dabei totlachte.

Ich tat so, als würde ich es nicht hören, aber da steckte etwas dahinter. Als ich nach Hause kam, sprang mir die traurige Wahrheit ins Auge, vor allem weil Marion sofort zu lachen anfing, als sie mich sah ...

Ich bin gleich ins Bad gerast und hab im Spiegel gesehen, dass ich auf dem Pickel und ringsherum einen RIESIGEN ORANGENEN FLECK hatte. Es sah noch viel schlimmer aus als morgens beim Aufstehen! 

Ich suchte im Schminktäschchen meiner Mutter nach der Tube mit der Abdeckcreme und las, was da draufstand:

Samstag

Heute hatte Lisa Geburtstag. Sie ist neun Jahre alt geworden. Sie hatte sechs Freundinnen eingeladen und meine Eltern hatten NICHTS vorbereitet. Ich glaube, sie haben es einfach verpeilt. Meine Eltern sind echt seltsam, ständig von Kleinigkeiten überfordert. Heute waren sie zwei Stunden vor der Feier damit beschäftigt, sich zu streiten, weil sie die Plastiktischdecke nicht finden konnten. Sie haben einen ganzen Vorrat davon im Keller. Will heißen: Sie taten immer noch NICHTS.

Zum Glück habe ich die Sache in die Hand genommen, als ich gemerkt habe, dass es mit denen heute nichts mehr wird. Ich hatte sowieso gerade nichts anderes zu tun. Und ich muss sagen, dass ich ziemlich gut mit solchen ausweglosen Situationen umgehen kann. Ich habe gesehen, dass wir im Kühlschrank noch ein paar abgelaufene Joghurts hatten, aus denen man einen Kuchen machen konnte, einen Granatapfel-Bananen-Guaven-Saft, den KEINER von uns mochte, und lauter Bonbontütchen, die Lisa von den Geburtstagsfeiern ihrer Freundinnen mitgebracht hatte.

Ich hab alles zusammen in eine Schüssel geschüttet und meinen Eltern vorgeschlagen, im Fast-Food-Restaurant um die Ecke Luftballons zu klauen (kostenlose Ballons stehlen, das geht!)
Zu fünft erbeuteten wir zehn Stück. Sogar Marion hat mich gelobt.

Geschenketechnisch hatte ich ebenfalls Erfolg. Lisa liebt unechte schlimme Verletzungen. Sie träumt davon, sich eines Tages den Arm oder das Bein zu brechen. In ihrer Freizeit räumt sie Verbandskästen aus und legt sich falsche Binden an, die „wie ein Gips“ aussehen sollen. Letztens war ich mit meiner Mutter in der Apotheke und habe dort einen Behälter mit Gehstöcken für alte Leute gesehen. Ich bin noch mal zurück, ohne jemandem was davon zu sagen, und habe einen gekauft. Lieber Mensch aus der Zukunft, du musst zugeben, dass ich damit meine UNENDLICHE Großzügigkeit unter Beweis gestellt habe.

Ein Großteil meines Taschengelds ist dafür draufgegangen, aber ich fand die Idee so toll, dass ich nicht widerstehen konnte. Ich dachte mir sogar, dass Opa Joff oder Oma Ragny das Geschenk vielleicht später mal brauchen könnten.

Als Lisa ihr Geschenk auspackte, rief sie vor Freude: „Cool, eine Krücke! Klasse!" Meine Eltern haben mich ungläubig angesehen. Wahrscheinlich waren sie richtig stolz auf mich und meine geniale Entdeckung! Alle ihre Freundinnen waren neidisch und haben sich darum gestritten, wer den Stock ausprobieren darf. Das hat mich auf eine weitere Idee gebracht – ja, ich weiß, ich habe eine blühende Fantasie – und ich habe einen großen Stocklauf organisiert. Am Ende wollten die Mädchen gar nicht mehr gehen, sie haben sich an mich geklammert und meinen Namen gerufen. Mensch der Zukunft, mein erster Fanclub war geboren.

Diesen Tag kann man in Stein meißeln … und ich muss zugeben, an Erfolg kann man sich gewöhnen. Ich glaube, ich bin dafür geschaffen, berühmt zu werden!

Lieber Mensch aus der Zukunft,

Mittwoch

ich habe eine supertolle Neuigkeit für dich! (Im Moment habe ich echt das Glück gepachtet.) Heute Abend hat Toms Mutter angerufen, um zu fragen, ob ich mit ihnen in den nächsten Ferien zum Wintersport fahren möchte. Erinnerst du dich? An Weihnachten hatte mir unser Nachbar, Herr Lupus, ein Rubbellos für einen Wintersporturlaub gegeben. Nach der Sache mit Rocky, dem Hund von Frau Roudan, der beinahe als Bratspieß geendet wäre, habe ich das Los dann an Tom weitergegeben. Und die Eltern dieses Kriechtiers haben die Reise tatsächlich gewonnen! Zuerst hab ich mich sehr geärgert, aber jetzt ist alles in Butter, weil die Reise für vier Personen ist und Tom keine Geschwister hat. Also darf ich mitkommen! Ich bin megazufrieden: Ich hab noch nie auf Skiern gestanden und muss nicht mit in die Bretagne fahren, wo die Ferien bestimmt sterbenslangweilig werden!

FEBRUAR

Montag

Lieber Mensch aus der Zukunft,

heute Morgen hat Madame Boulouche im Technikkurs eine „Videokonferenz“ mit den englischen Austauschschülern angeleiert, damit wir „uns vorstellen“ können.  Ehrlich gesagt hatten nur wenige von uns wirklich Lust, sich vor die Webcam unserer Lehrerin zu stellen. Sie wurde dann sauer, weil alle sich gegenseitig schubsten, um nicht ganz vorn zu stehen, und weil keiner ins Bild zurückkehrte und weil Damien Chico bei Lucas Hasenohren machte. Da ist Herr Schmitt gekommen, um Ordnung zu schaffen und uns seine bescheuerte Begrüßung machen zu lassen:

Good morning, teacher, good morning, class …

 … obwohl es schon mitten am Nachmittag war. Wir haben uns beruhigt und die englische Klasse erschien auf dem Bildschirm. Die Schüler sahen nett, aber ein bisschen verklemmt aus. 

Wir haben uns nacheinander vor den Bildschirm gestellt und gesagt: „Hello! My name is Max. Nice to meet you." Das einzige Problem war, dass Tituan Schnupfen hatte: „Hello! By dame is Diduan. Nice to beet diu." Was man als „Nice to beat you" hätte verstehen können: „Freut mich, dich hauen zu dürfen!" Als die Videokonferenz zu Ende und Herr Schmitt wieder gegangen war, hat uns Madame Boulouche Fotos von der englischen Schule gezeigt und dann Porträts der Schüler mit Namen auf die Tafel projiziert.

Trotz der Rügen unserer Lehrerin sorgten Pennys verhängnisvolle Schönheit, Mickaels RIESIGE Schlaumeier-Brille und Brians im Dunkeln leuchtendes neongelbes Poloshirt natürlich für Lacher und Pfiffe in der Klasse. Das Schlimmste kam aber erst, als ein gewisser Conrad auf der Tafel erschien …

Das Komische war, dass er mir in der Videokonferenz gar nicht aufgefallen war. Die ganze Klasse hat sich kaputtgelacht und ich habe die Daumen gedrückt, dass er Rauls Austauschschüler war. Bei dem vielen Glück, das ich zurzeit hatte, standen die Chancen schließlich nicht schlecht. Dann hat Madame Boulouche unsere Porträts neben die entsprechenden Austauschschüler projiziert. Diese kunstvolle Grafik sollte uns zeigen, welcher Schüler es mit welchem Austauschschüler zu tun bekam.

Und jetzt kommt das Drama!

KATASTROOOOOOOPHE!

Ich hab sogar gesehen, dass Celia zusammen mit Anna laut losgelacht hat. Doppelte Katastroooooophe!  Am allerschlimmsten war aber, dass Raul keinen Austauschschüler, sondern eine AustauschschülerIN bekam! DIE Ungerechtigkeit aller Ungerechtigkeiten. Jetzt hat er noch einen Grund mehr, sich toll vorzukommen.

RAUL NEEEEERVT!

Noch mehr als Marion!

Samstag

LISTE DER SCHLIMMSTEN DINGE,

DIE RAUL KADOR ZUSTOSSEN KÖNNTEN

- Ihn Rockys Hundehaufen statt der Mousse au chocolat aus der Schulkantine essen lassen

- Ihn zwingen, DEN REST SEINES LEBENS MEINE Hausaufgaben zu machen

- Ihm die Haare abschneiden, wenn er schläft

- Ihn in einen BROKKOLI verwandeln

- Ihm mit einer Höllenmaschine das Hirn absaugen

- Ihn zehnmal GANZ NACKT um den Platz laufen lassen wie Jeremy (Ups! Jetzt hab ich es wieder gesagt!)

Ihn blöde Witze erzählen lassen, sobald er den Mund aufmacht

- Dass er bis zur Uni Mundgeruch hat
- Dass ihm dicke Warzen unter den Armen wachsen

- Dass er Luisa Toinu heiratet, denn die ist eine Hexe

Sonntag

Lieber Mensch aus der Zukunft,

die Sache mit dem Austauschschüler zieht mich total runter.

Ich bin STINK-SAUER.

Stell dir bloß mal vor, dass er schlecht riecht, sich nur für Wissenschaft oder diophantische Gleichungen interessiert, Querflöte spielt oder, schlimmer noch, ein Serienmörder ist? Ich spüre, dass mit ihm irgendwas nicht stimmt. Ich habe mir auf Papas Computer Fotos von früheren Verbrechern angeschaut und finde,

dass Conrad genauso aussieht. Und wenn mir im Schlaf etwas zustößt? Und Conrad dann mitten in der Nacht flüchtet? Kein Mensch würde jemals erfahren, was mir passiert ist. Vorsichtshalber habe ich schon mal ein Phantombild erstellt.

Zu Hause merkte meine Mutter, dass es mir nicht gut ging. Gestern Abend kam sie in mein Zimmer und wollte wissen, was los ist. Ich habe ihr alles erklärt.  Sie hat geantwortet, ich soll mir keine Sorgen machen, dass „der Schein bestimmt trügt" und Conrad sicher ganz nett ist. Um mich zu trösten, hat sie mir auch noch gesagt, dass sie „vielleicht" mit mir zu ToutiSport geht und mir einen Skianzug kauft. Also habe ich noch ein bisschen mehr gejammert und wir sind hingegangen. 

Ich bin mit einem genialen Anzug wieder rausgekommen, bei dem ein Bild von Pietro auf der Vordertasche ist. Uff! Ohne die Geschichte mit dem Austauschschüler hätte ich den Anzug von  Marion oder Lisa anziehen müssen …

Meine Mutter hat mir trotzdem geraten, das Fell wieder an meine Daunenjacke zu machen, damit es beim Wintersport wärmer ist. Ich habe mich nicht getraut, ihr zu beichten, dass das Fell sein Leben an Allerheiligen bei Opa Joff und Oma Ragny gelassen hatte. 

Montag

Lieber Mensch aus der Zukunft,

in unserem Technikkurs schreiben wir uns mit den Engländern E-Mails, damit wir uns vor ihrer Ankunft im April schon etwas kennengelernt haben. Madame Boulouche hat uns aufgetragen, uns vorzustellen und von unserer Familie und unseren Hobbys zu erzählen.

Conrad ist 13 Jahre alt und hat eine große Schwester, die er „haaaaate!". Also: die er „haaaaasst!". Also haben wir immerhin eine Gemeinsamkeit.

Letzte Woche hat uns Madame Boulouche gebeten, einen bebilderten Text über eine Sehenswürdigkeit von Paris zu schreiben. Ich habe mir das Riesenrad an der Place de la Concorde ausgesucht, weil meine Eltern dort mit uns an Marions 12. Geburtstag waren. Im letzten Moment hatte Lisa Angst vorm Einsteigen bekommen und zu heulen angefangen.  Da sie nicht allein unten bleiben konnte, weil sie noch zu klein war und Madame Neeeeervig Geburtstag hatte, hatte Marion einfach so bestimmt, dass ich auf Lisa aufpassen soll. Eigentlich bin ich also gar nicht eingestiegen, aber offiziell war ich schon mal dort. 

Raul, der Blödmann, hat einfach irgendeine Uni-Arbeit über den Eiffelturm genommen, die er im Internet gefunden hat. Das Ding hat er kurzerhand an Alison weitergeleitet, seine Austauschschülerin. Er wollte ganz besonders schlau sein, aber irgendwie hat es Mr. Smith mitbekommen, der Französischlehrer unserer Austauschschüler. Der hat dann Madame Boulouche darauf angesprochen.

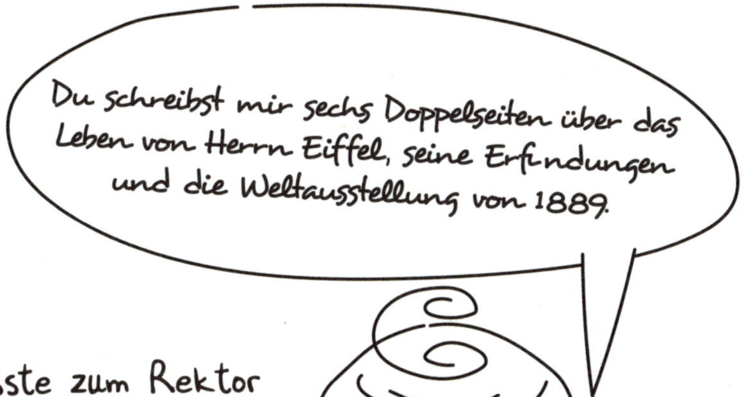

Raul musste zum Rektor
und das Urteil war hart.

Rache!

Das war der schönste Tag
in meinem Leben.

Am Wochenende sind endlich Ferien und ich fahre mit Tom in die Berge. Ich kann es gar nicht mehr ABWARTEN, von diesem Versagerhaufen wegzukommen und diesen Mist mit den Austauschschülern eine Weile zu vergessen. Ich ersticke, ich brauche frische Luft!

Als ich auf dem Nachhauseweg an der Mauer im Geheimgang vorbeigekommen bin, habe ich gesehen, dass wieder etwas Neues draufsteht:

Marion und meine Mutter benutzen diesen Ausruf manchmal. Trotzdem seltsam. Weder meine Mutter noch Marion können diese Graffitis gemacht haben ...

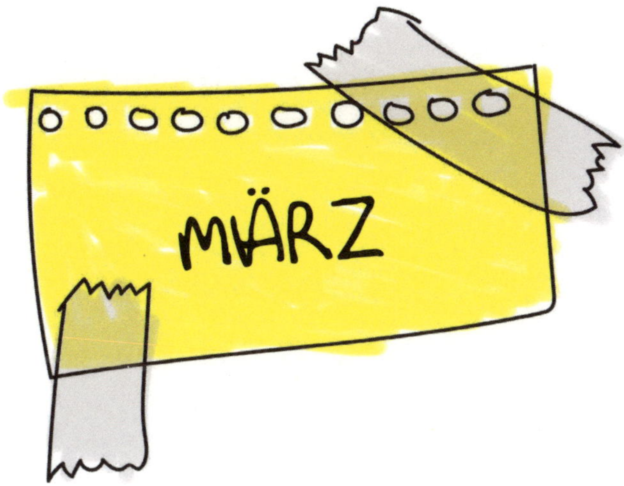
MÄRZ

Sonntag

Ich bin vom Wintersport wieder da.

Lieber Mensch aus der Zukunft,
ich habe mein Beweisdokument lieber zu Hause gelassen. Wäre sonst ZU RISKANT gewesen! Stell dir vor, Tom hätte es in den Ferien gefunden. Er hätte meinen Bericht so packend und zukunftsweisend gefunden, dass er mir die Idee geklaut hätte! Dann wäre ich von einer Schnecke überholt worden und hätte alle meine Chancen zunichtegemacht, eines Tages ein super-ober-genialer Zeuge meiner Zeit zu werden.

Der Urlaub war klasse … abgesehen davon, dass es so gut wie nicht geschneit hat und ich mehrmals fast gestorben wäre. Das Hotel war in einem kleinen Ort, der aber nicht hoch genug für ausreichend Schnee lag. Deshalb haben Toms Eltern ganz viel mit uns unternommen.

Das war cool, aber da der Boden von Glatteis überzogen war, musste man immer ganz kleine Schritte machen, um nicht alle hundert Meter hinzufallen. Das heißt, die ersten zehn Minuten war das ja ganz witzig, aber das ging jedes Mal zwei Stunden so ... 
Außerdem waren wir noch auf der Eisbahn. Ich bin noch nie Schlittschuh gelaufen und Tom auch nicht. Wir hangelten uns an der Bande entlang und kamen nur im Ameisentempo voran, hatten aber viel Spaß. Wir stellten uns vor, dass wir wie die lebenden Toten aus ZombieErde 2 übers Eis wankten. 

Bis auf ein einziges Mal fand ich irgendwann, dass ich mich gar nicht so schlecht anstelle. Ich hab zu Tom gesagt, dass ich einen dreifachen Toe-Loop versuche. Ich wusste, wie das geht, weil ich bei Opa Joff und Oma Ragny die Weltmeisterschaft angeguckt habe, aber ... ich bin ganz übel hingeflogen und genau aufs Steißbein geknallt! Danach hat mir Toms Mutter jeden Abend Salbe auf den Hintern geschmiert ... echt peinlich! Tom musste mir versprechen, NIEMANDEM davon zu erzählen, selbst wenn er gefoltert würde. Ansonsten haben wir Raclette gegessen, Blaubeerkuchen und komischere Sachen wie Rinderzungenwurst oder Kuheuterschnitzel. Abends haben wir ZombieErde 2 gespielt und uns immer wieder gefragt, von wem die Schrift auf der Mauer im Geheimgang sein könnte. Ich vor allem, weil ich fand, dass das Ganze langsam unheimlich wurde. Am Anfang haben wir noch darüber gelacht und ich habe das alles nur für Zufälle gehalten. Aber seit einiger Zeit werde ich das Gefühl nicht los, dass die Mauer ALLES WEISS und MIT MIR SPRICHT!

Deshalb habe ich drauf bestanden, dass wir ein paar Vermutungen anstellen:

~~Herr Schmitt~~ -> Nein, zu spießig.
Raul Kador -> Hm ... vielleicht!
~~Rocky~~ -> Nein, hat nur drei Pfoten, kann nicht rennen und ist außerdem ein Hund.
~~Enzo Danleau~~ -> Nein, viel zu ängstlich, um das Risiko einzugehen, geschnappt zu werden!
~~Rami Nouch~~ -> Nein, zu schlecht in Rechtschreibung.
~~Jeremy~~ -> Nein, ist dieses Jahr nicht mehr an der Schule.
Anna -> Hm ... Warum eigentlich nicht?

ERGEBNIS DER ANALYSE:
ALLERHÖCHSTE Wachsamkeit!

Alle Schüler der Klasse, der ganzen Schule und sogar der ganzen Stadt überwachen. Ab jetzt keinen einzigen Hinweis übersehen.

Am letzten Tag hat es dann doch noch geschneit. Tom und ich haben einen riesigen Schneemann gebaut. Und Toms Eltern sind mit uns Ski gefahren. Völlig unmöglich, dass ich jemals eine Medaille bekomme. Schade, denn das hätte Anna bestimmt beeindruckt, aber ich war froh, dass ich trotzdem nach unserer Rückkehr behaupten konnte, ich sei Ski gefahren. Jedenfalls ist es nicht so gelaufen, wie ich mir das dachte. Im Sessellift hab ich einen Stock verloren. Ich hab zugesehen, wie er gefallen ist – ziemlich lange – und in einem verlassenen Gebiet aufgekommen ist, das man nicht mit Skiern erreichen konnte. Ich musste warten, bis mir Toms Mutter einen neuen besorgt. Dann hab ich es nicht geschafft, mich am Schlepplift festzuhalten.

Daraufhin hat ein Skifahrer durch das Mikro am Skihäuschen gefragt, zu wem denn das Kind gehört, das alle anderen Skifahrer davon abhält, auf die Piste zu kommen. Zu blöd!

Das einzige Mal, wo ich es geschafft habe, war ich so froh, dass ich den kleinen Schneehügel am Liftende nicht gesehen habe. Ich bin mit den Füßen reingekommen und habe die Fahrt mit einem peinlichen Purzelbaum beendet.

Am letzten Abend sind Toms Eltern mit uns ins Restaurant gegangen. Wir haben Pommes und Würstchen gegessen. Wir hatten viel Spaß und danach gab's im Hotel Karaoke. Lieber Mensch aus der Zukunft, ich muss gestehen, dass ich davon nicht gerade begeistert war, vor allem, als der DJ meinen Namen quer durch den Saal rief, damit ich zum Singen komme. Tom, der Halunke, hatte mich benannt! Zuerst wollte ich nicht hingehen, aber Tom ist mitgekommen und wir haben zusammen „Die Hoffnung und das Leben" gesungen. Ein anderes Lied ist uns nicht eingefallen. Wir bekamen superviel Beifall, obwohl ich gar nicht damit gerechnet hatte. Wir hatten also einen tollen Abend, es war nett, als Familie da zu sein und Toms Eltern besser kennenzulernen. Ich habe auch gemerkt, dass mir meine eigene Familie fehlt. Deshalb habe ich heute Morgen vor der Rückfahrt ein paar Mitbringsel für meine Eltern und meine Schwestern gekauft.

Ich habe ein Salz- und Pfefferstreuer-Set in Pilzform gefunden, wo sogar „100 % Bergtanne made in China“ draufstand, einen Stiftebecher in Stiefelform und eine Tasse mit einer Gämse drauf für Marion.

Morgen geht die Schule wieder los und meine Mutter hat mir gerade eine SMS geschickt:

APRIL

Dienstag

Lieber Mensch aus der Zukunft,

heute ist der erste April, und weißt du, was in meinem Zeitalter am ersten April ist?

DER TAG DER STREICHE! 

Und als ich heute Morgen aufgewacht bin, hatte ich schon den perfekten Plan im Kopf.  Bei uns an der Schule gibt es eine alte Telefonzelle mit Münzeinwurf. Ja, ich weiß, was du jetzt denkst: eine echte Antiquität! Aber stell dir vor, die Dinger sind echt robust und diese hier funktioniert sogar noch. Ich habe alle Münzen von zu Hause mitgenommen, die bei uns immer massenhaft in der Ablageschale im Flur liegen. Ein kleines Vermögen, das da drin liegt. Dann hab ich Tom eine SMS geschickt.

Das Coole an Tom ist, dass er nie wirklich „nein" sagt und nie viele Fragen stellt. Ich habe ihn im Geheimgang getroffen und ihm von meinem Plan erzählt: In der großen Pause rufen wir ganz viele Leute an und spielen ihnen am Telefon einen Streich.

Als es dann zur Pause geläutet hat, sind Tom und ich sofort zur alten Telefonzelle gesaust. Sie steht in einem überdachten Teil des Schulhofs, wo kein Mensch je hingeht. Wir haben den Hörer abgenommen, Münzen eingeworfen und irgendeine Nummer gewählt. Ein Typ hat sich mit „Hallo?" gemeldet und ich habe mit super-selbstsicherer Stimme gesagt:

– „Guten Tag, mein Herr, kennen Sie die Fernsehsendung Heißer Preis?"

Bingo! Er guckte sie jeden Tag! Ich bin sofort in das Spiel eingestiegen. Tom hat mir meinen Text vorgesagt:

„Das trifft sich hervorragend! Wir sind gerade dabei, eine Reihe von Sendungen aufzuzeichnen und Sie sind per Los ermittelt worden, mit uns zu spielen und eine Multifunktions-Küchenmaschine zu gewinnen. Sind Sie bereit?"

Der Typ war so was von bereit.

„Kennen Sie den exakten Preis einer Tafel Schokolade der Marke MilkChoc?"

Der Typ überlegte und ich ermutigte ihn:

„Nun, mein Herr, wenn nicht, raten Sie einfach!"

Tom und ich lachten uns schlapp. Der Typ war überzeugt, dass er gewinnen würde.

„Äh ... 3,90 €?", antwortete der Kerl am Telefon.

„Bravo! Treffer, genau ins Schwarze! Sie sind der glückliche Gewinner einer exquisiten Multimaschine. Was werden Sie denn mit der Maschine Schönes zaubern?"

Ich hab noch ein bisschen weitergequatscht und der Typ hat was in den Hörer gefaselt. Es wurde Zeit, zum Ende zu kommen.

„Legen Sie nicht auf, mein Herr, unsere Telefonistin wird Ihre Adresse aufnehmen, damit wir Ihnen Ihr Geschenk zusenden können. Es gratuliert Ihnen das ganze Team voooooon … Heißer Preiiiiiiis!“ 

 Und dann hab ich aufgelegt! Tom und ich haben uns gebogen vor Lachen.

Als Nächstes wollte Tom auch einen Telefonstreich spielen. Ich glaube, meine Überzeugungskraft und mein schauspielerisches Talent haben ihn beeindruckt. 

Wir haben unsere Taschen geleert und neue Münzen in den Apparat geworfen. Tom hat eine Nummer gewählt. Eine Frau ist rangegangen, und zack! Wir haben sie einen Urlaub unter Kokospalmen gewinnen lassen.  Dann hat es zum Pausenende geläutet, wir haben ganz schnell aufgelegt und sind in die Klasse zurück.

Danach ist alles aus dem Ruder gelaufen. 

Mitten in der Physik-Chemie-Stunde bei Madame Grumot ist der Rektor hereingeschneit. Er sah fuchsteufelswild aus.

Anscheinend hat das Telefon in der Telefonzelle über zwei Stunden lang geklingelt. Schließlich ist der Hausmeister rangegangen und hat eine Frau am Apparat gehabt.
Da die Frau ziemlich hartnäckig war, hat der Hausmeister am Ende den Rektor gerufen. Dieser musste seiner Gesprächspartnerin erklären, sie habe sich verwählt, hier sei eine Schule und es gebe keine URLAUBSREISE in seiner Lehranstalt zu gewinnen. Die Frau war dann wohl ziemlich enttäuscht und hat angefangen, in den Hörer zu weinen. Sie habe schon ihrem Mann und der ganzen Familie die gute Neuigkeit erzählt, weil sie seit mindestens zehn Jahren nicht weiter als 50 km von zu Hause weg gewesen seien.

Da habe ich ein ziemlich schlechtes Gewissen bekommen. Das Ganze war bloß eine dumme Idee und ich hatte nicht geahnt, dass das solche dramatischen Folgen für die Familie haben konnte. Ich nahm mir fest vor, eine Lösung zu finden, um unseren Fehler wiedergutzumachen. Ich warf Tom einen Blick zu, doch er tat so, als würde er mich nicht sehen.

Am Ende hat der Rektor verlangt, dass:

„sich die Urheber dieses fragwürdigen Scherzes bis heute Nachmittag melden, sonst wird die ganze Klasse zur Strafe von der großen Party ausgeschlossen, die für die englischen Austauschschüler am Ende ihres Aufenthalts stattfindet."

Diese Strafe war auf unsere Klasse maßgeschneidert, aber ich bin sicher, er hatte noch andere Strafen für die ganze Schule im Kopf ...

Nach der Stunde bin ich zu Tom gegangen. Ich erfuhr, dass die alte Nacktschnecke eine Mobilnummer gewählt hatte! Großer Fehler, denn jeder weiß doch, dass es mit einem Handy viel einfacher ist, einen Anruf zurückzuverfolgen. Wir konnten uns nicht durchringen, immerhin war diese Party vielleicht DIE EINZIGE GELEGENHEIT MEINES LEBENS, zu Anna zu gehen und sie vielleicht zum Tanzen aufzufordern.

Schließlich habe ich Tom überzeugt, zum Rektor zu gehen.

Wir haben ihm erklärt, dass wir es auf den Rat unserer Französischlehrerin Madame Boulet getan hätten, um unsere schauspielerischen Fähigkeiten zu verbessern, was vollkommen falsch gewesen sei. Der Rektor hat uns – wie immer – einen endlosen Vortrag über Respekt, Werte und den ganzen „Kram" gehalten, wie mein Vater sagen würde. Dann  wollte er uns dazu verdonnern, die Frau anzurufen und uns bei ihr zu entschuldigen. Er hatte ihre Nummer auf einen Zettel geschrieben und fing an, ihn überall zu suchen. Glück für uns!  Er hatte ihn verloren. Wir sind mit einer Nachricht an die Eltern und einem Aufsatz zum Thema „Ist zu viel Spaß das Ende jeden Spaßes?" davongekommen. Beim Rausgehen habe ich ein Stück Papier auf dem Boden bemerkt. Die Nummer der Frau stand darauf. Ich habe ihn unauffällig aufgehoben und eingesteckt. Auf dem Nachhauseweg gingen mir dieser blöde Scherz und diese Sache mit der Familie, die nicht in die Ferien fahren durfte, nicht aus dem Kopf. 

Zu Hause habe ich die Adresse der Frau raus-
gesucht und einen Blick in mein Portemonnaie geworfen, um meine Finanzen zu checken. Seit ich den Stock für Lisa gekauft hatte, war nicht mehr viel übrig ... Ich habe einen Briefumschlag vorbereitet, mein ganzes Taschengeld hineingetan, etwas dazu geschrieben und bin losgegangen, um ihn zur Post zu bringen.

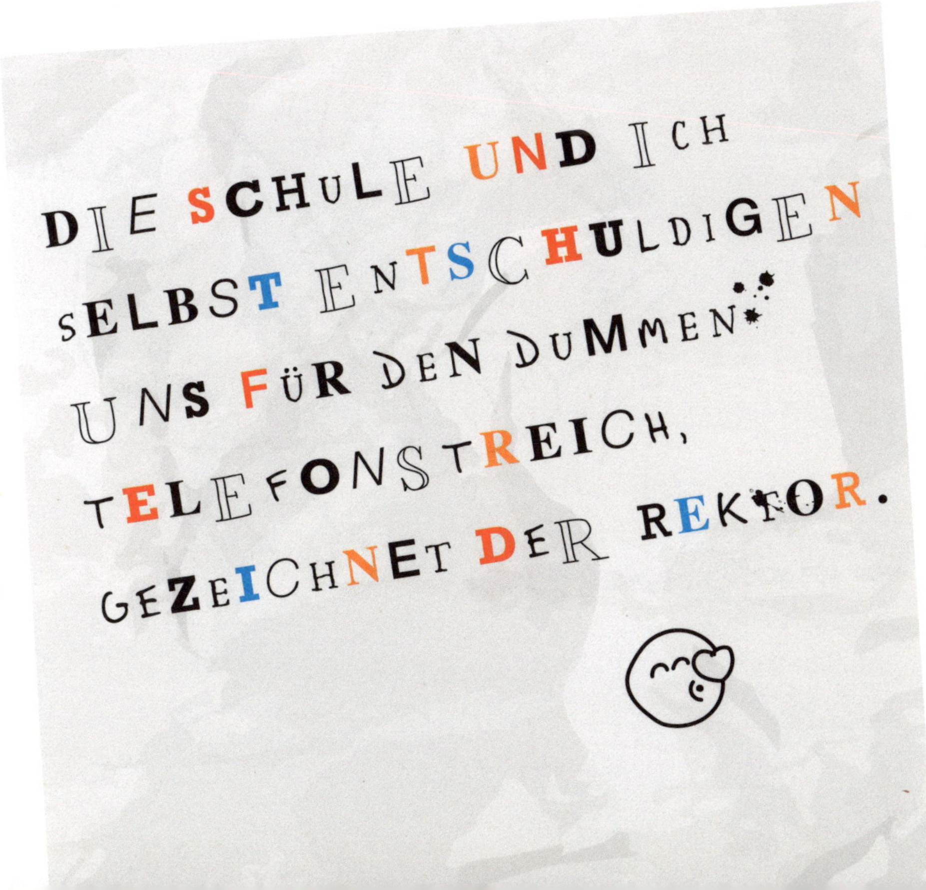

Mittwoch

Heute Morgen ist ein Typ gekommen und hat die Telefonzelle abgebaut ...

Montag

Lieber Mensch aus der Zukunft,

gestern Abend sind die Engländer angekommen … auch Conrad. (Er schläft schon, deshalb kann ich dir von unserem ersten Tag erzählen.)

Herr Schmitt und Madame Boulouche hatten uns zum Parkplatz des Stadions bestellt und darauf bestanden, dass wir UNBEDINGT pünktlich sein sollten. Am Ende haben wir zwei Stunden auf den Bus gewartet. Die englische Klasse kam aus der Stadt Hastings, die im Süden von England liegt. Die Schüler hatten acht Stunden im Bus und auf dem Schiff verbracht, weshalb sie bei der Ankunft nicht gerade topfit waren. Herr Schmitt hat alle begrüßt, sich kurz mit Mr Smith ausgetauscht und dann angefangen, die Schüler zuzuweisen.

CELIA und AMY

ENZO und GARRY

LUCAS und LOWELL

~~RAUL~~ und ALISON

ANNA und DIANA

RAMI und NICK

DAMIEN und ROBERT

MATTHIAS und WARREN

TITUAN und RILEY

LUISA und JANE

MAX und CONRAD

TOM und WILSON

EMMA und KIM

LISE und TRACY

...

Conrad war sehr viel größer, als ich ihn mir vorgestellt hatte. Als ich ihn zuerst von vorn gesehen habe, dachte ich, er hätte sich die Haare geschnitten, aber nein, er hatte sich nur einen kleinen Zopf gemacht.

Jeder Austauschschüler hat seine Tasche geholt und jeder von uns hat seinen Austauschschüler mitgenommen.

Als ich mit Conrad zu Hause angekommen bin, habe ich ihn erst mal in mein Zimmer geführt und versucht, ein Gespräch in Gang zu bringen. Aber um ehrlich zu sein, meine Englischnote liegt gerade mal im unteren Mittelfeld und ich bin sicher, sein Französisch ist nicht besser.

This is your Bett and this is meins.

What?

This is the Badezimmer.
Please take a Dusche every day.

Was ist das, ein bathroom?

Please open your book.

What is your favorite colour?

Dann hat er seine Sachen ausgepackt – ich war so nett, ihm ein bisschen Platz in meinem Schrank zu machen – und er hat lauter Gläschen mit „jelly home made" aus der Tasche geholt. Ich habe eins bekommen und die übrigen hat Conrad an den Rest der Familie verteilt. Ich fürchtete schon, dass das Abendessen ein einziger Krampf werden würde, aber zum Glück hat mein Vater am Tisch das ganze Gespräch an sich gerissen.

Dienstag

Diese Nacht habe ich superschlecht geschlafen. Meine Eltern haben für Conrads Besuch eine Luftmatratze, wie man sie zum Zelten mitnimmt, bei TouTiSport gekauft. Das Teil machte jedes Mal, wenn Conrad sich umdrehte, einen Heidenlärm. Es quietschte dermaßen, dass ich träumte, da wäre ein Schwein in meinem Zimmer.

Wir haben Tom und Wilson im Geheimgang getroffen und sind zu viert zur Schule gegangen. Der Text „Die Engländer kommen!" stand immer noch unverändert da. Tom erklärte ihnen, das sei ein Willkommensgruß von einem berühmten, aber unbekannten Graffiti-Künstler unserer Stadt. Wilson und Conrad sahen ziemlich beeindruckt aus. Raul wollte Alison auf dem Fahrrad mitnehmen, aber wegen ihres Gewichts ist die Kette rausgesprungen und sie mussten zu Fuß weitergehen. Conrad hat mich den ganzen Tag zum Unterricht begleitet. Am Anfang ist er keinen Zentimeter von mir gewichen. Wie Kleister. Die ganze Zeit redete er mit mir und stellte mir alle möglichen Fragen über die Schule:

„Where is the cantine?“ und „Where is your class?“ und „Miss Boulouche, it's a funny name, isn't it?“ und „Do you have a stylo for me?“ und „The weather is too bad“ und so weiter und so fort … Und all das auf Englisch, mit einem vollkommen UNVERSTÄNDLICHEN Akzent.

Ehrlich gesagt, er gab sich gar keine Mühe, verstanden zu werden, und das setzte mich ziemlich unter Druck. Schließlich dachte ich mir Tricks aus, um ihm aus dem Weg zu gehen: Ich schloss mich in allen Pausen auf dem Klo ein, setzte mich beim Mittagessen an einen Tisch, wo es nur noch einen freien Platz gab, und als wir in Biologie mit unserem Austauschschüler eine nach Käse stinkende Kaninchenpfote sezieren sollten, bin ich ins Krankenzimmer gerannt und habe dort erzählt, ich sei aktives Mitglied bei SWAK (Schützer weißer Angorakaninchen) und könne bei einem solchen Gemetzel nicht mitmachen.

Ich finde, Conrad nimmt seine Rolle als Austauschschüler ein bisschen zu ernst. Aber bei mir zu Hause kann ich ihm nicht entkommen … 

 Ich werde ihm einfach vorschlagen, eine Runde ZombieErde 2 zu spielen, um die Zeit zu vertreiben.

Mittwoch

Heute sind wir mit Herrn Schmitt und Madame Boulouche zum Eiffelturm gefahren. Dort angekommen, wollte Herr Schmitt, dass wir Kopf oder Zahl wählen, um zu entscheiden, ob wir die Treppe oder den Aufzug nehmen. Luisa Toinu hat „Zahl" für den Aufzug gesagt und es wurde Kopf … 
Dann hat Herr Schmitt auch noch den Tarif für die dritte Etage genommen, um die Engländer zu beeindrucken … Ich dachte echt, Enzo Danleau kippt uns aus den Latschen. Alle 20 Stufen sprühte er sich sein Asthmaspray in den Mund und war rot wie eine Tomate.  Conrad machte die ganze Zeit Fotos: der Eiffelturm von unten, von oben, Zoom auf die Schrauben, Blick von oben, Blick von unten. Sogar ein Selfie hat er gemacht. Raul machte vor Alison einen auf Angeber. Damien Chico, der Volltrottel, wollte sich vor Diana aufspielen, der Austauschschülerin von Anna. Er verbeugte sich vor ihr und rief dabei:
„Majesty! Majesty!"

Aber Raul passt es nicht, wenn man versucht, ihn beim Anbaggern zu übertrumpfen. Also hat er ihm ein Bein gestellt und Damien lag auf der Nase. Blöd, denn Herr Schmitt stand ganz in der Nähe und hat Rauls kleine Gemeinheit mitbekommen. Raul musste seine sechs Doppelseiten über das Leben von Herrn Eiffel, seine Erfindungen und die Weltausstellung von 1889 aufsagen, die er für den Rektor hatte schreiben müssen. Und das auch noch auf Englisch. Da er ein Spatzenhirn hat, war da nicht mehr viel von übrig.

Tom und ich waren froh, da zu sein – das war mal was anderes, als immer in der Schule zu hocken. Dann sind wir wieder runter und haben auf einem Platz in der Nähe gepicknickt. Meine Mutter hatte uns Brote gemacht, die angeblich gesund und ausgewogen sein sollten: mit Gurkengelee. Weil sie Conrad eine Freude machen wollte – oder aber um das Gläschen loszuwerden. Es hat echt scheußlich geschmeckt, das kannst du mir glauben.

Conrad und ich haben uns nur angesehen und die Brote in den Mülleimer geworfen. Zum Glück hatten wir noch Chips mit Salz- und Essiggeschmack dabei. Ich liebe Chips mit Salz- und Essiggeschmack. Als wir wieder an der Schule waren, war der Unterricht schon zu Ende.

Ah! Lieber Mensch aus der Zukunft, ich habe ganz vergessen zu erzählen, dass Conrad der absolute Checker in ZombieErde 2 ist.

Deshalb habe ich Tom und Wilson vorgeschlagen, bei uns zu Hause zu spielen. Conrad und Wilson haben uns lauter Tricks gezeigt, wie man mehr Konservendosen und mehr Lebenspunkte gewinnt, wie man nicht von einem lebenden Toten gebissen wird, wie man bei einer Seuche eine Festung baut und die Zombies abmurkst. Wir sind im Nullkommanichts von Level drei zu Level fünf aufgestiegen.

Samstag

Lieber Mensch aus der Zukunft,

tut mir leid, ich hatte die letzten beiden Tage keine Zeit, weil ich ZombieErde 2 mit Conrad gespielt habe. So eine Gelegenheit darf man sich schließlich nicht entgehen lassen! Erstens hab ich durch Conrad Level neun erreicht – mein größter Traum – und zweitens lassen mich meine Eltern total in Ruhe, weil sie überzeugt sind, meine „Freundschaft" mit Conrad verbessere mein Englisch. Dagegen glaube ich, der einzige Satz, den Conrad am Ende auf Französisch gelernt haben wird, ist: „Ich hab dich zermatscht, du altes Weichtier!"

Heute Abend: Alles ein FAKE!

Die angebliche Party, die die Schule vor der Abreise der Engländer schmeißen wollte, hat sich als „gemütliches Beisammensein" entpuppt. Ich hätte gleich misstrauisch sein sollen. Lieber Mensch aus der Zukunft, das bedeutet, es wird mir nicht noch einmal passieren, dass ich mich für ein popeliges BEISAMMENSEIN selbst beim Rektor anschwärze.

Enzo Danleau durfte anscheinend so spät abends nicht mehr raus, sodass Garry allein gekommen ist. Zuerst fand ich es lustig, an einem Samstagabend in der Schule zu sein. Aber Herrn Schmitt, Mr Smith und Madame Boulouche ist nichts Besseres eingefallen, als das Müllverkleidungsspiel mit uns zu machen. Das ist ein total bescheuertes Spiel, bei dem man Mannschaften bildet und jede Mannschaft bekommt einen großen Müllsack voller Recyclingartikel: leere Getränkedosen, Eierkartons, Klopapier, Klebeband und so weiter. Jede Mannschaft muss ein zufällig ausgewähltes Mitglied aus dem eigenen Team verkleiden und dieses Mitglied wird dann von einer Jury bewertet. Ich kam mit Anna, Diana, Luisa, Jane, Emma, Kim, Lise und Tracy in ein Team. Außer Conrad war ich also der einzige Junge in der Gruppe. Welcher Trottel ist also dazu auserkoren worden, verkleidet zu werden? Ich natürlich! In den anderen Mannschaften waren Tituan, Rami, Wilson und ... Raul, die Glücklichen.

Auf Herrn Schmitts Startzeichen war ich von einer Horde aufgedrehter Mädchen umzingelt, die mir in weniger als fünf Sekunden den Müllsack übergestreift hatten (wobei sie natürlich darauf achteten, dass ich genug Luft bekam). Als Nächstes wickelten sie mir Klopapier um den Kopf. Sie bastelten mir alle möglichen Sachen wie Armreifen aus zusammengeklebten Küchenrollen. Conrad konnte nichts zu meiner Verteidigung tun und durfte ihnen nur Schere, Klebstoff und alles Zeug reichen, das sie brauchten, um mich lächerlich aussehen zu lassen. Anna lachte am lautesten, ich wusste nicht, was ich davon halten sollte. Jedenfalls konnte ich mich nicht mehr rühren.

Als sie fertig waren, schienen sie alle von ihrem Werk hingerissen zu sein.

Ich drehte mich um und konnte sehen, als was die anderen verkleidet waren:

Rami tat so, als würde er die anderen verfolgen, um sie zu beißen. Da er aber schielt, hat er sich mit den Füßen in seinem Müllsack-Umhang verheddert und musste den Abend in der Notaufnahme beenden.

Raul war superstolz auf seine Verkleidung, vor allem weil sie lang nicht so lächerlich wie meine aussah. Aber Wilsons Verkleidung war bei Weitem die beste! Er wurde also einstimmig zum Sieger des Spiels gekürt. Danach haben wir uns die mitgebrachten Knabbereien schmecken lassen.
Unser Rektor ist „extra" gekommen, um einen endlosen Vortrag zu halten, in dem er den Engländern für ihr Kommen dankte und ihnen versicherte, wie sehr wir uns FREUEN, sie im nächsten Schuljahr in England wiederzusehen.
Dann hat mein Vater uns abgeholt, Conrad und mich. Als wir nach Hause kamen, hatte ich meinen Müllsack noch an und natürlich musste ich im Flur Marion über den Weg laufen, die in schallendes Gelächter ausgebrochen ist.

 Conrad und ich haben uns in mein Zimmer verzogen. Ich war sauer. Der Abend war völlig blöd gelaufen. Ich hatte mich vor Anna total blamiert und Marion NEEEERVT EINFACH NUR!  Conrad merkte gleich, dass es mir nicht gut ging, und erzählte mir, dass seine große „sister" noch viel schlimmer sei, „boooooring!". Dann ging er in die Küche und kam mit einem großen Müllsack zurück. Er schnitt ein Loch hinein und zog ihn an, um wie ich auszusehen. Dann hüpfte er auf der quietschenden Luftmatratze herum und rief immer „boooooring!", „boooooring!", „boooooring!". Ich hab's ihm nachgemacht, mich dabei abreagiert und wir hatten jede Menge Spaß!  Conrad fährt morgen früh nach Hause. Wir haben uns versprochen, uns SMS und E-Mails zu schreiben. Ich würde nicht sagen, dass ich ihn vermissen werde, aber es war viel weniger schlimm als alles, was ich mir hätte vorstellen können.

Sonntag

Lieber Mensch aus der Zukunft,

ich bin seit zehn Tagen in den Frühlingsferien und stell dir vor, dieses Jahr konnten wir nicht zu Opa Joff und Oma Ragny fahren, weil die einfach so beschlossen hatten, sich „eine kleine Reise" nach Afrika zu gönnen, sonst nichts!

Und ich dachte, ICH wäre derjenige, der die Ferien in der Bretagne allmählich sterbenslangweilig findet! 

Also sind wir zu Hause geblieben. Nach dem unglücklichen Vorfall mit dem Mathetest, der an der Heckscheibe im Auto geklebt hatte, und meinem letzten Zeugnis, haben meine Eltern beschlossen, dass ich ein paar Nachholstunden machen müsse. Und meine Mutter kehrte eines Abends mit einer Überraschung aus dem Labor zurück.

Zuerst dachte ich, sie hätte mir ein Stickeralbum von Pietro mitgebracht, weil da ein Fußball vorne drauf war und irgendwas mit „Profis“ stand,  aber nein!

 Zum Glück habe ich gesehen, dass die Lösungen alle hinten drinstehen. Ich machte mich gleich richtig dran, ackerte das Heft in zwei Tagen durch und meine Mutter merkte nicht mal was.

MIAI

Lieber Mensch aus der Zukunft,

Mittwoch

die Abreise von Conrad und den anderen Austauschschülern hat eine Lücke in der Schule hinterlassen, aber die Wirklichkeit hat mich auf grausame Weise wieder eingeholt.

Ich habe ein NEUES Problem, um das ich mich kümmern muss, und das ist gewaltig!

Nach der Party, die ja in ein „Beisammensein" umgewandelt worden war, legte sich Raul mächtig ins Zeug, um einen gleichwertigen Ersatz zu schaffen: Heute Morgen rief er die ganze Klasse auf dem Pausenhof zusammen und verkündete, er werde Ende Juni eine große PARTY bei sich zu Hause auf die Beine stellen. Zumindest konnte man ihm nicht vorwerfen, dass er mit seiner Ankündigung spät dran gewesen wäre.

Aber das war wieder nur einer seiner hinterlistigen Streiche. Im Prinzip hat er uns erklärt, dass die Mädchen alle einfach so eingeladen waren, während die Jungs eine Reihe von Tests bestehen müssten, um kommen zu DÜRFEN. Dann hat er ein großes Blatt Papier mit einer ganzen Reihe von Prüfungen vor uns ausgerollt. Und ich habe sofort begriffen, dass die es in sich hatten.

Raul hat uns dann zu verstehen gegeben, dass er uns „in seiner unermesslichen Güte“ gut zwei Wochen Zeit ließ, um zu trainieren und alle Chancen zu haben, zu seiner Feier kommen zu dürfen. Lieber Mensch aus der Zukunft, du musst mich wirklich armselig finden und normalerweise würde ich mich auf solche Erpressungen gar nicht einlassen, aber es war nun mal so, dass Anna da sein würde. Ich hatte bereits die Gelegenheit verpasst, bei der „großen Party“ mit den Engländern zu ihr zu gehen. Es kam gar nicht in Frage, dass ich diese hier auch noch sausen ließ.

Erste Party + Anna eingeladen = muss ein super Abend werden. Also hatte ich keine Wahl.

DAMIEN –> BROTKÜGELCHEN ÜBER 100 M IM BAUCHNABEL HALTEN

MATTHIAS –> EINEN POPEL AUF EINE MATHEHAUS-AUFGABE KLEBEN

LUCAS –> IM TECHNIKKURS GANZ LAUT GÄHNEN

ENZO –> LUISA TOINU AUF DEN MUND KÜSSEN

RAMI –> AN DIE TAFEL GEHEN UND VOR MADAME BOULET ALLE KREIDEN KAPUTTMACHEN

TITUAN –> EINEN SCHLUCK WASSER AUS DEM DESIN-FIZIERBECKEN TRINKEN

ILIESS –> ÖL AUF HERRN BUCKS STUHL KIPPEN

ANGELO –> VOR HERRN SCHMITT RÜLPSEN

RAPHAEL –> EINE WOCHE LANG ZU SPÄT KOMMEN UND FALSCHE AUSREDEN FINDEN

NOAH –> EINEN REGENWURM ESSEN

JULIUS –> FRAU GRUMOT WÄHREND DES UNTERRICHTS EINE STUNDE LANG IN DIE AUGEN SCHAUEN

TOM –> DREI RUNDEN MIT ZUSAMMENGEBUNDENEN SCHNÜRSENKELN UM DEN SCHULHOF LAUFEN

MAX –> EINEN TAG LANG MIT AUS DER HOSE RAUS-HÄNGENDEM KLOPAPIER HERUMLAUFEN

Montag

Mitten in der Stunde bei Madame Boulet gab Raul Kador mir einen Zettel, den ich an Celia weitergeben sollte, die ihn an Anna weitergeben sollte. Pech, Madame Boulet erwischte mich und konfiszierte den Zettel. Dann las sie vor der ganzen Klasse laut vor, was draufstand.

ANNA, TANZT DU ENG MIT MIR?
GEFÄLLT DIR ODER GEFÄLLT DIR NICHT

Die Klasse brüllte vor Lachen.

Ich war nicht nur erwischt worden, ich war erledigt. Draußen auf dem Hof machten Raul und seine Bande Herzzeichen mit den Fingern. Allmählich machte mich Raul echt wütend und ich hatte überhaupt keine Lust, seine Mutprobe zu bestehen ...

Da hatte Tom eine geniale Idee. Ihm ist eine Fernsehsendung wieder eingefallen, Hypnotik. Darin lassen sich Leute aus dem Publikum von einem Typ hypnotisieren, der Talismane vor ihrer Nase baumeln lässt, während total beängstigende Musik läuft.

Es scheint ziemlich wirkungsvoll zu sein, denn danach lässt der Typ sie alles Mögliche machen: Heuschrecken essen oder ein Schwein nachmachen, das sich im Dreck wälzt … Und dann braucht er nur mit den Fingern zu schnippen und die Leute wachen wieder auf. Aber einmal hat Tom in den Nachrichten gehört, dass ein Mann bei sich zu Hause vor dem Fernseher hypnotisiert geblieben ist, während er die Sendung angesehen hat. Weder seine Frau noch seine Kinder oder der Notdienst konnten ihn wieder zu sich kommen lassen. Am nächsten Tag war er verschwunden. Eine Vermisstenanzeige wurde aufgegeben, aber der Typ blieb unauffindbar. Dann kam das nächste Thema in den Nachrichten dran und man hat nie erfahren, was passiert ist.

Die geniale Idee ist also:

WIR MÜSSEN ES SCHAFFEN,
RAUL ZU HYPNOTISIEREN!

Mit etwas Glück könnte man ihn nie wieder aufwecken und er würde FÜR IMMER verschwinden. Ich war also dafür, die Sache mit Tom zu probieren. Wir hatten nichts mehr zu verlieren.

Mittwoch

Als wir heute von der Schule nach Hause gegangen sind, stand Hypnotik an der Mauer im Geheimgang … Anscheinend haben wir jetzt Halluzinationen.
Aber Tom hat mich schnell in die Bücherei gezerrt, denn wir hatten eine Mission: Hypnoseprofis werden, um uns Raul vom Hals zu schaffen. Wir fanden nur ein Heft mit Übungen zur Selbsthypnose. Aber das war immerhin ein Anfang.
Wir sind zurückgegangen und ich habe als Erstes an Tom geübt. Man musste Persönlichkeitstests machen und „selbstbeobachtende" Fragen beantworten … Pah. Zu anstrengend.
Deshalb haben wir stattdessen „Hypnosesitzung" im Computer meines Vaters eingegeben. Aber im Internet war alles anders als im Fernsehen. Es gab nicht mal ein bewegtes Bild, sondern nur eine feste Einstellung auf einer schwarzweißen Spirale und eine total deprimierende Musik im Hintergrund. Der Hypnotiseur hatte einen furchtbar südländischen Akzent und sagte uns, wir sollen die Hände ausstrecken und sie zueinander führen, als wären sie magnetisch.

Am Anfang haben wir versucht, das Spiel mitzuspielen, aber das Video dauerte mehr als eine halbe Stunde, deshalb konnten wir irgendwann nicht mehr und sind eingeschlafen. 

Dann hat Tom mich geweckt und Pietro genannt, wie meinen Lieblingsfußballer. Er wollte ein Autogramm und ein Foto mit mir machen.
Ich dachte, dass die Hypnosesitzung bei ihm funktioniert hätte, und bekam richtig Angst. 

 Aber dann hat er angefangen zu lachen. Ich hatte es ihm echt abgekauft. Dennoch mussten wir einsehen, dass weder Tom noch ich trotz unseres engagierten Einsatzes in diesem neuen Betätigungsfeld erfahren genug waren, um Raul zu hypnotisieren. Wir mussten eine radikale Entscheidung treffen: die Idee mit der Hypnose zu vergessen, weil sie offensichtlich ein gewisses Können erforderte. Und wir hatten leider keine Zeit, uns das anzueignen …

Mittwoch

Lieber Mensch aus der Zukunft,

außer Tom und mir redete in der Schule niemand mehr von Rauls Party. Ich glaube, die Jungs versuchten die Sache totzuschweigen, um die Mutproben nicht bestehen zu müssen. Aber heute Morgen hat uns dieser Schwachkopf an die „Grundregeln“ dessen erinnert, was er von nun an „den Grand Slam von Rauls Party“ nannte. Immer diese hochtrabenden Worte! Er hat uns noch mal verklickert, dass wir die Proben bestehen könnten, wann wir wollten, aber er müsse dabei sein, um den Test anzuerkennen. Womit er mal eben alle unter Druck gesetzt hat. Und die Mutproben haben heute begonnen.

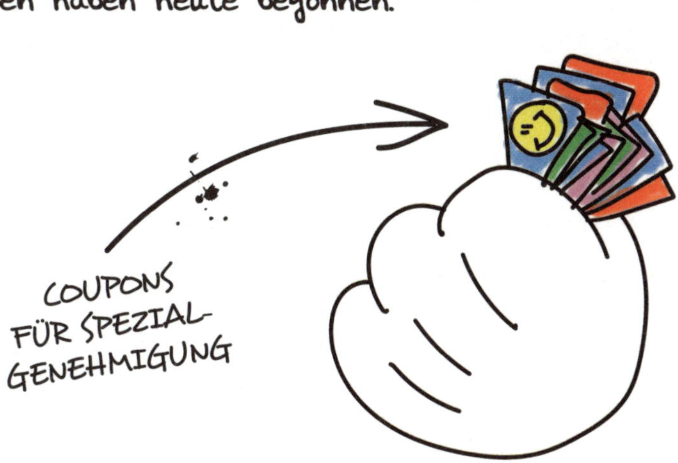

Mitten im Technikkurs fing Lucas auf einmal superlaut zu gähnen an. Raul hat seine Mutprobe sofort anerkannt, aber Lucas musste sich dafür sagen lassen, dass seine Eltern über seine „besorgniserregende Müdigkeit" informiert würden. Iliess hatte es auch ziemlich leicht. Da es kein Öl gab, quetschte er in der Geschichtsstunde einfach eine ganze Tube Klebstoff auf Herrn Bucks Stuhl.
Unser Lehrer hat nichts gemerkt, aber als es geläutet hat, hat man genau gesehen, dass er nicht aufstehen konnte. Zuerst hat er versucht, am Stuhl zu ziehen, dann hat er uns gebeten zu gehen. Als Nächstes hat man den Rektor zwischen seinem Büro und dem Klassenzimmer kommen und gehen sehen, dann zwischen dem Klassenzimmer und der Fundkiste mit verlorenen Kleidungsstücken … Schließlich kam Herr Buck mit einer viel zu kurzen roten Trainingshose aus der Klasse …
Iliess hatte die Mutprobe mit Leichtigkeit und speziellen Glückwünschen von Raul bestanden!

Donnerstag

Lucas' und Iliess' Glanzleistungen ermutigten Damien Chico und Matthias Balma. Anscheinend war Raul dabeigewesen, als Herr Tamisol gestern eine Mathehausaufgabe mit einem Popel drauf zurückbekommen hat. Wir haben protestiert, weil wir nichts gesehen haben, aber Raul hat uns bestätigt, dass er den Test gelten lässt. Nach dem Mittagessen hat Damien es heute auf dem Pausenhof geschafft, ein Brotkügelchen über hundert Meter im Bauchnabel zu behalten. 

Auf den letzten zehn Metern hätte er es fast verloren, hat es aber gerade noch festgehalten. Raul hat daraufhin gemeint, Ziel sei ja gewesen, dass das Kügelchen nicht zu Boden fällt, also habe Damien gewonnen. So was nennt man <u>Bevorzugung</u>! 

Sonntag

Lieber Mensch aus der Zukunft,

 eine Mutprobe folgt der anderen und ich weiß nicht, wie ich aus diesem Schlamassel herauskommen soll. Rami hat alle Kreiden von Madame Boulet zerbrochen, und weil er schielt, ist er von ihr sogar noch wegen seiner „Behinderung" getröstet worden! In der Stunde bei Herrn Schmitt hat Angelo einen dröhnenden Rülpser losgelassen,  als wir gerade „God save the Queen" gesungen haben. Da Raul und Noah keinen Regenwurm im Hof gefunden haben, hat Noah stattdessen fünf Ameisen verschluckt. Und Tituan hat im Schwimmbad sogar einen Schluck aus dem Desinfizierbecken getrunken. Das fand ich wirklich widerlich. 

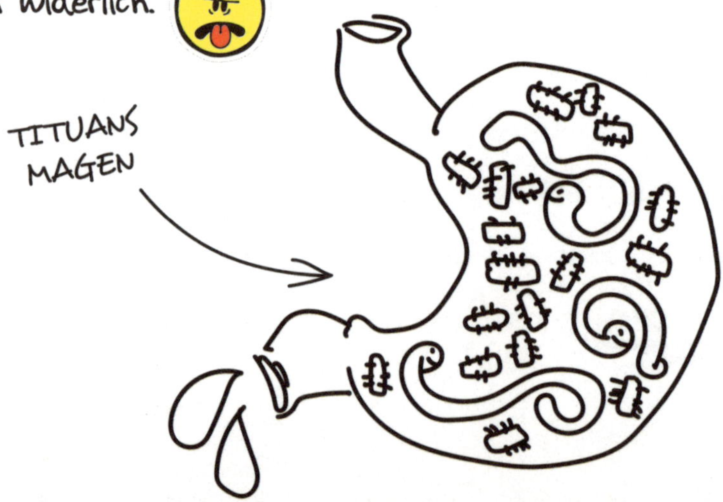

JUNI

Mittwoch

Heute Morgen in der Pause war es dann bei Enzo so weit … mit Rami als Helfer. Rami hatte die Aufgabe, Luisa Toinu im kleinen überdachten Hof zu „kidnappen“, da, wo früher die Telefonzelle stand und wo niemand hingeht. Raul hatte sich versteckt und der wartende Enzo wollte Luisa küssen. Aber nach dem, was man uns erzählt hat, hat Luisa Raul entdeckt. Sie hat sich auf ihn gestürzt und ihm einen dicken Schmatzer auf den Mund gegeben. Damit war Enzo aus dem Rennen. Seitdem folgt Luisa Raul überallhin.

Ansonsten erscheint Raphael seit drei Tagen zu spät zum Unterricht. Am Montag hatte er die Ausrede, ein aus dem Zoo entflohener Löwe habe ihn verfolgt. Dienstag hat er behauptet, er habe sein Gedächtnis verloren und nicht mehr gewusst, wo er war. Und heute Morgen hat er erzählt, er müsse noch mal nach Hause, weil er seine rechte Hand vergessen habe, diejenige, mit der er schreibt …

Montag

Donnerstag und Freitag kam Raphael ebenfalls zu spät und erfand weiter alle möglichen Geschichten: Er sei in einen Gully gefallen, dann habe er zum Notarzt gemusst, weil ihm angeblich ein Nagel im linken Ohr wuchs. Raul hat bestätigt, dass Raphael „geeignet“ sei, um auf seiner Party dabei zu sein. Mathelehrer Tamisol hat wiederum bestätigt, dass Raphael am Samstagvormittag zwei Stunden nachsitzen muss. 

Am Samstagmorgen ist Raphael, der Idiot, wieder zu spät gekommen, hat behauptet, er sei vom Staubsauger eingesaugt worden, und musste noch zwei Stunden zusätzlich in der Schule bleiben. 

Donnerstag

Heute Morgen waren es nur noch Julius, Tom und ich, die ihre Mutproben noch nicht geschafft hatten, und Raul erhöhte den Druck auf uns.

Julius bat Raul darum, seine Mutprobe ausnahmsweise im Kunstkurs bei Frau Trinfon bestehen zu dürfen, weil er den Physik-Chemie-Kurs bei Frau Grumot verpasst hatte. Raul war in seiner „unermesslichen Güte" einverstanden. Aber das stellte sich als schlechter Tausch heraus, denn als wir zum Unterricht erschienen, kündigte Frau Trinfon kurzerhand eine Klassenarbeit an. Thema war das Abmalen einer Raupe mit Tusche. Ein erstarrtes Modell in einem Glas mit Chloroform war auf einem Hocker bereitgestellt, der auf dem Podium stand. Eine Stunde lang Frau Trinfon anstarren oder eine Raupe zum Abmalen … Da musste Julius sich entscheiden! Da Kunst aber das einzige Fach war, das ihm die Versetzung garantierte, sah er sich gezwungen, auf die Herausforderung zu verzichten.

Freitag

Jetzt ist es so weit! Heute war der letzte Tag der Mutproben, meine LETZTE Chance, an Rauls Party teilzunehmen und auf Anna zuzugehen.

Aber der Tag war furchtbar. Heute Morgen hab ich Tom im Geheimgang getroffen und jemand hatte einen großen Regenwurm auf die Mauer gemalt. Das „Werk" war mit Hypnotik signiert. Der geheimnisvolle Sprayer hatte jetzt ein Pseudonym, und zwar das gleiche wie die Fernsehsendung über Hypnose!

Tom hat mir gesagt, er fände das alles echt seltsam und wir müssten dieses Geheimnis unbedingt im Sommer aufklären, sobald wir dieses Schuljahr hinter uns hätten. Dann haben wir uns geistig auf die uns bevorstehenden Mutproben vorbereitet, vor allem ich, denn einen ganzen Tag mit Klopapier herumzulaufen, das einem aus der Hose heraushing, war nicht gerade angenehm.

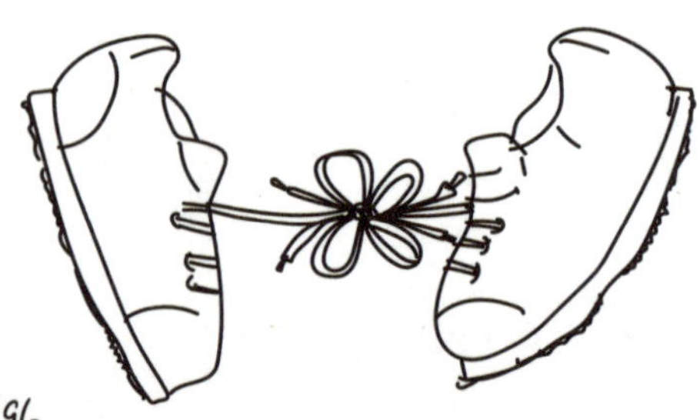

Tom hat seine Turnschuhe mit Schnürsenkeln angezogen und wir sind zur Schule gegangen.

Raul erwartete mich schon mit einer Klopapierrolle, die er von zu Hause mitgebracht hatte und der er einen ... persönlichen Touch verliehen hatte. Wie ein Verurteilter riss ich ein langes Stück ab und steckte mir das eine Ende in die Hose. Den Rest schleifte ich kläglich hinter mir her.

Aber die Ereignisse der letzten Wochen nahmen in der Pause eine andere Wendung. Zum dritten Mal hatte Raul die ganze Klasse und sogar ein paar Schüler aus den Parallelklassen herbestellt, um der letzten Mutprobe beizuwohnen – der von Tom.

Ich konnte es nicht erwarten, dass dieser lächerliche Unsinn mit den Mutproben endlich vorbei war. Glaub mir, lieber Mensch aus der Zukunft, in dem Augenblick, da Tom seine Schuhe geschnürt und sich auf die Startlinie gestellt hat, hab ich mir fest vorgenommen, die Sommerferien zu nutzen, um Hypnosetechniken, Wahrsagerei und andere Geheimwissenschaften zu erlernen. Dann würde ich Raul und alle anderen künftigen Feinde, die sich mir in den Weg stellen, außer Gefecht setzen können.  Tom humpelte los. Alle feuerten ihn an und ich glaube, in dem Moment hatte mein Kumpel das Gefühl, dass ihm Flügel wachsen. Ein bisschen zu sehr, denn bei exakt 52,36 Metern

ist er mit einem entsetzlichen Schrei zu Boden gestürzt. Wir scharten uns alle um Tom, dem es nicht gut zu gehen schien.  Mein Überlebenswille gewann die Oberhand. Ich schob die Menge auseinander und spürte dabei Annas Blick. Sie hat mich fest angesehen und schien beeindruckt, da bin ich mir fast sicher. 

Ich habe sie gebeten, sofort Hilfe zu holen, hab mich neben Tom gekniet und seinen Kopf gehalten.

Dabei fielen mir die Kriegsszenen aus den Filmen ein, die ich mit Opa Joff gesehen hatte. Ich suchte nach irgendwas, womit ich Tom die Stirn abwischen konnte, fand aber nur das Klopapier mit „Rauls Party" drauf.  Dann hab ich mir sein Knie angeschaut und glaub mir, lieber Mensch aus der Zukunft, das sah nicht gut aus. Auf einmal habe ich bemerkt, dass mir Tom etwas ins Ohr flüstern wollte.

Aber bevor er mir etwas sagen konnte – was immer es war – ist der Rektor aufgetaucht und alles ging ziemlich schnell. Er hat mich gebeten, wegzutreten, aber ich habe protestiert und ihm gesagt, Tom sei mein bester Freund und dass ich ihn auf keinen Fall im Stich lassen würde. 
Als ich aber nach Tom schauen wollte, habe ich gemerkt, dass die alte Nacktschnecke ohnmächtig geworden war. Fünf Minuten später kam der Rettungsdienst. Tom wurde in die Notaufnahme gebracht und die Diagnose lautete: „Doppelter Oberschenkelbruch und einen Monat Gips!" Mensch, die Sache war ernst!  Den Rest des Tages war die Stimmung in der Schule eine andere. Niemand traute sich, etwas zu sagen. Und genau vor der letzten Stunde bei Herrn Ramoupoulos im Schwimmbad wurde ich zum Rektor gerufen. Er verlangte, dass ich alles erzähle, und versprach mir, dass meine Aussage anonym bleiben werde und ich „keine Repressalien zu befürchten" hätte. Ich habe ihn fest angesehen, hab an all

den Mist gedacht, den wir Raul Kador und seiner Versagerbande zugefügt hatten, und …

… bin zum Essen gegangen! 

Am Ende des Schultages hat mir Herr Schmitt aufgetragen, Toms Schultasche zu ihm nach Hause zu bringen und seine Hausaufgaben in seinen Schülerkalender einzutragen.

Samstag

POMMESPÜREE! VERFLIXTES TOTES HACKSTEAK! Heute Morgen habe ich Toms Notizbuch aufgeschlagen und ... mich hat fast der SCHLAG getroffen!

Die Seiten waren vollgekritzelt mit Sprüchen und Zeichnungen, und zwar denen aus dem Geheimgang! Der geheimnisvolle Mauersprayer, Hypnotik, das war also TOM? Der Tom, der unsichtbare Tinte aus Jogurt macht oder Schneckenrennen veranstaltet? Wenn ich dran denke, dass ich ihn die ganze Zeit vor der Nase hatte. Wie konnte ich das nur übersehen? Ich weiß nicht, ob ich mich davon jemals wieder erholen kann. So einfach kommt das alte Kriechtier mir nicht davon. Verheimlicht man solche Sachen seinem besten Freund? Das grenzt ja fast an Hochverrat. Ich beschloss also, ihm sofort seine Sachen zu bringen. Als ich ihn dann aber bei sich zu Hause gesehen habe, wirkte er noch ziemlich niedergeschmettert. Und als ich ihm sein Notizbuch hingehalten habe, hat er mich erstaunt angesehen. Dann hat er die Augen wieder geschlossen und einen auf „benommen vor Schmerz" gemacht. Langes Schweigen. Dann hat er die Augen wieder geöffnet und mir alles gestanden. Er hat tatsächlich die Sprüche auf die Mauer gesprüht. Er hatte im Fernsehen eine Reportage über einen berühmten Straßenkünstler gesehen, der kämpferische Parolen auf Mauern sprayt. Und da er so schüchtern sei, sagte Tom, habe ihn das auf die Idee gebracht, sich auf diese Weise ausdrücken zu können, ohne dass jemand wusste, dass er es war. Und er hoffe schon, eines Tages berühmt zu werden. Ich musste loslachen  und erzählte ihm von meinem Beweisdokument, das du in Händen hältst, lieber Mensch aus der Zukunft. Und dass ich auch eines Tages berühmt sein möchte. Wir schworen uns hoch und heilig, es nie jemandem zu verraten!

Damit mein Beweisdokument noch wertvoller ist, hab ich ihn gebeten, mir ein Autogramm zu geben. 

Montag

Lieber Mensch aus der Zukunft,

ich habe zwei Neuigkeiten für dich: eine gute und eine großartige! Nach den Mutproben und Toms Unfall sind Rauls Eltern zum Rektor bestellt worden. Ergebnis: Raul wird bestraft, die Party FÄLLT AUS! Aber das Beste ist, ich habe meine Eltern gefragt, ob wir die Party nicht bei uns machen können. Zuerst hab ich gezögert, ich hatte ein bisschen Angst, dass sie nein sagen, aber dann hab ich mit Tom darüber gesprochen, und gestern Morgen hat er auf die Mauer im Geheimgang „Hau rein, Max!" geschrieben. Also hab ich meinen ganzen Mut zusammengenommen und meine Eltern gefragt. Zuerst waren sie völlig panisch. Man muss dazu sagen, dass Marions letzte Pyjamaparty ziemlich übel geendet ist. Sie hatte fünf Freundinnen eingeladen und sie wollten eine Runde „musikalische Schlafsäcke" spielen. Das bedeutet, man marschiert und hüpft zur Musik um die Schlafsäcke herum. Wenn die Musik stoppt, muss jede in ihren Schlafsack kriechen.

Leider hat dann die Polizei wegen nächtlicher Ruhestörung geklingelt. Herr Lopez, der Nachbar, hatte sich über den Lärm beschwert und die Polizei wollte mit unseren Eltern sprechen, die zum Essen ausgegangen waren – sie sollten bitte sofort zurückkommen! Aber weil ich mich so sehr um einen besseren Schnitt in Englisch und Sport und um die Versetzung in die nächste Klasse bemüht hatte, waren sie einverstanden!

Das ist meine erste Party und glaub mir, ich mache eine richtig große Sache draus.

Ich habe eine SMS an alle Schüler meiner Klasse geschickt.

Alle haben sofort geantwortet, außer Anna. Sie hat sich zwei Tage Zeit gelassen, um die Einladung anzunehmen, was mich in leichte Panik versetzt hat.  Aber ich denke, die Idee, die Party bei mir steigen zu lassen, wird meine Beliebtheit schlagartig in die Höhe schnellen lassen.

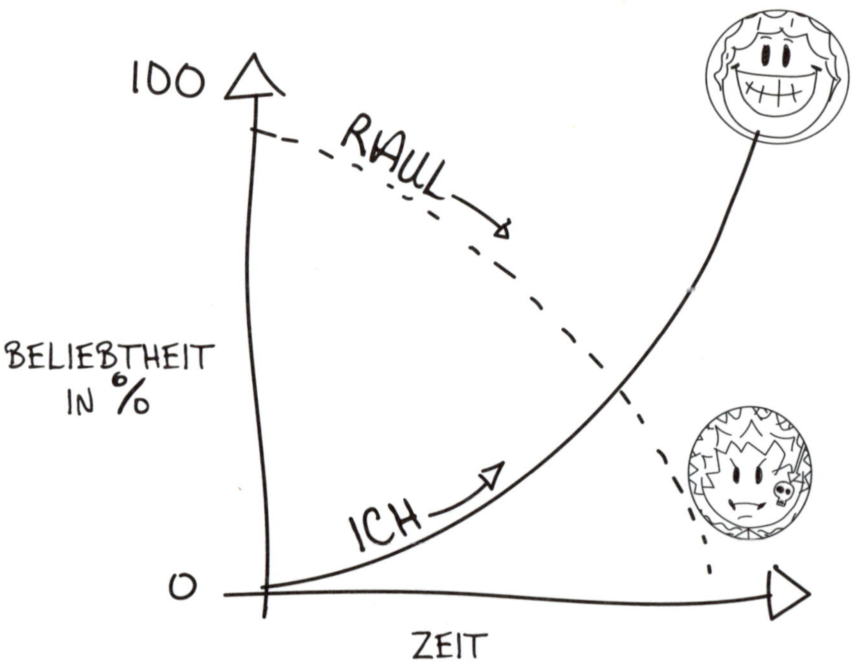

Freitag

Nach der Schule bin ich bei Tom vorbeigegangen. Er war noch mal im Krankenhaus und die Ärzte haben ihm einen leichteren Gips und Krücken verpasst. Das bedeutet, dass er zu meiner Party kommen kann. Danach bin ich mit meiner Mutter zu FiestaGogo gefahren, um Dekoartikel zu besorgen. Sie hat zwar versucht, mir die Piñata anzudrehen, die wir auf Lisas neuntem Geburtstag benutzen wollten und dann vergessen haben. Aber als sie mein Gesicht gesehen hat, wusste sie, dass es keinen Zweck hat, darauf zu bestehen. Wir waren auch im Supermarkt und haben uns mit Getränken und Essigchips eingedeckt. Und rate mal was? Marion hat sogar angeboten, sich um die Musik zu kümmern. Ich hab gesagt, einverstanden, aber keine Tricks, ja?

Alles lief wie am Schnürchen, doch dann bekam ich plötzlich ein schlechtes Gewissen … 

Was ist mit Raul? Ich stellte mir vor, wie er am Samstagabend ganz allein in seinem Zimmer hockte, während sich die ganze Klasse bei mir amüsierte. Wollte ich das wirklich – Max, Mensch mit großem Herzen und zukünftiges Genie?

Ich hab ihm eine SMS geschickt:

Ich bin zu meiner Mutter gegangen und hab sie gefragt, ob sie nicht versuchen könnte, Rauls Eltern zu überzeugen. Ich war sicher, dass sie die richtigen Worte finden würde, damit sie ihm erlauben zu kommen. Sie fand meine Entscheidung sehr nobel.  Rauls Mutter ist in der Schule sehr aktiv. Seit der Grundschule ist sie auf allen Schulausflügen dabei, kümmert sich beim Wohltätigkeitsbasar um die Stände und organisiert den alljährlichen Karneval. Dieses Schuljahr ist sie Vorsitzende des Vereins Leseleidenschaft, einer Initiative, die unser Rektor sehr schätzt.  Meine Mutter hat ihm am Telefon erklärt, dass das doch eine gute Gelegenheit wäre, dass Raul sein Ansehen in der Klasse wieder herstellt. Und sie würde sich dazu verpflichten, bei einer Lesestunde mitzuwirken, wenn Raul dafür im Gegenzug zu meiner Party kommen darf.

Später Samstagabend

Die Party war ein voller Erfolg! Tom ist schon ein bisschen früher gekommen und hat mir geholfen, die Ballons aufzupusten. Dann sind die anderen eingetrudelt. Sogar Enzo Danleau war da, obwohl meine Mutter seine dreimal anrufen musste, um sie zu beruhigen. Anna und Celia sind etwas zu spät gekommen. Anna sah sehr hübsch aus, sogar mit ihrer Bananenfrisur. Raul Kador ist als Letzter gekommen. Nach fünf Minuten hat er alle um Ruhe gebeten. Auf Wunsch seiner Eltern hatte er eine ganze Litanei an Entschuldigungen verfasst, die er herunterleierte wie sonst unser Rektor seine Vorträge.

„Hey, ihr Schnarchtüten,
ok, dieses Jahr hab ich euch das Leben ziemlich schwer gemacht, aber das liegt sicher bloß daran, dass ich viel cooler bin als ihr. Eigentlich will ich bloß sagen, ich entschuldige mich für mein Verhalten und danke Max dafür, dass er mich eingeladen hat. Ich weiß nicht, ob seine Party genauso gut ist wie die, die ich bei mir gefeiert hätte. Aber wegen nächstem Jahr können wir ja noch sehen. Euch allen schöne Ferien!"

ALLES
WIRD
GUT

Marion hat Musik aufgelegt und irgendwann am Abend wollte Damien Chico uns herausfordern. Ich dachte mir: „Schon wieder!“

Aber in Wirklichkeit war es ein Spiel. Und das geht so: Ein Mädchen und ein Junge tanzen dicht voreinander und beide haben das Ende einer Fruchtgummischnur im Mund. Sie dürfen den Faden beide so lange abknabbern, bis sie sich küssen. Luisa hat sich sofort auf Raul gestürzt, um ihn aufzufordern, Tom ist auf einem Bein zu Celia gehüpft und ich habe wie ein perfekter Gentleman die Hand nach Anna ausgestreckt. Ich hatte Angst, eine fette Abfuhr zu kassieren, aber sie war tatsächlich einverstanden. Marion hat eine langsame Ballade gespielt und wir haben angefangen, mit einer Schnur zwischen den Zähnen zu tanzen. Mein Herz schlug echt superschnell, aber ich musste durchhalten. Ich hatte schon fast die Hälfte der Schnur aufgefuttert und die Augen geschlossen, um Anna zu küssen.

Aber auf einmal wurde die Ballade unterbrochen und Ben Didjis Stimme schallte durchs Wohnzimmer. Als ich die Augen wieder aufmachte, stellte ich fest, dass Lisa Marion abgelöst hatte. Marion war gegangen, um eine SMS an ihre Freundinnen zu schreiben. Für dieses Mal hatten wir die Gelegenheit verpasst, aber ich habe genau gespürt, dass da irgendwas ganz Starkes zwischen Anna und mir gewesen ist.

Am Ende des Abends hinterließen alle noch ihre Unterschrift auf Toms Gips. Und das alte Kriechtier hat behauptet, er hätte Celia geküsst, aber das glaube ich keine Sekunde lang.

Sonntag

Lieber Mensch aus der Zukunft,

mein erstes Jahr auf der Realschule ist vorbei. Und wenn ich es insgesamt betrachte, kann ich durchaus behaupten, dass es SCHÖN zu Ende gegangen ist, trotz der vielen Fallstricke, mit denen ich zu kämpfen hatte. Tom und ich haben es gut hinbekommen und ab jetzt kann es  nur besser werden, denn im nächsten Jahr sind wir nicht mehr die Zwerge! Tom und ich hatten eine geniale Idee (schon wieder, denkst du dir sicher). Wir haben beschlossen, alle unsere Erinnerungen an dieses Schuljahr in einen alten Schuhkarton zu packen und ihn auf dem freien Grundstück hinter der Mauer im Geheimgang zu vergraben.

Dann haben wir den Karton in Plastiktüten gewickelt. Als wir die letzte Schaufel voll Erde drauf geschüttet haben, waren wir doch ein bisschen traurig.  Also beschlossen wir, den Karton am Ende des nächsten Schuljahrs wieder auszugraben und durch einen neuen zu ersetzen. Das ist doch eine SUPER Idee, oder? 

Lieber Mensch aus der Zukunft, du hast ganz bestimmt die Möglichkeit, deine Erinnerungen in einer hermetisch abgeschlossenen Raum-Zeit-Kapsel unterzubringen. Aber von meiner Seite aus findest du mich hier das nächste Jahr wieder!